August Gold & Joel Fotinos

DIE DREI WÜNSCHE

August Gold &
Joel Fotinos

DIE DREI WÜNSCHE

Eine Geschichte voller Hoffnung

Aus dem Amerikanischen
von Theresia Übelhör

KNAUR

Die amerikanische Originalausgabe erschien 2007
unter dem Titel *The Prayer Chest*
bei Doubleday, New York

Besuchen Sie uns im Internet:
www.droemer-knaur.de

Redaktion: Kerstin Kubitz
Umschlaggestaltung: ZERO Werbeagentur, München
Umschlagabbildung: getty images
Satz: Adobe InDesign im Verlag
Druck und Bindung: C. H. Beck, Nördlingen
Printed in Germany
ISBN 978-3-426-66296-0

2 4 5 3 1

Prolog, Ostern 1939

In Josephs Leben hatte es eine Zeit gegeben, da wäre er die Treppe hinaufgesprungen und hätte gleich zwei oder drei Stufen auf einmal genommen. Er wäre, seine beiden Kinder unter den Arm geklemmt, an der Tür zum Dachboden angekommen und hätte noch genügend Energie gehabt, drei weitere Treppen hinaufzustürmen. Nicht jedoch heute Abend, nicht im Alter von dreiundsiebzig Jahren, als der langlebigste Mann der Familie Hutchinson.

Er stieg die Treppe zum Dachboden hinauf und betrat den zugigen und staubigen kleinen Raum nun vielleicht zum tausendsten Mal. Er setzte sich wieder auf den unbequemen, wackeligen und abgenutzten Holzstuhl und nahm die Gebetsschatulle auf den Schoß, als sei sie nichts weiter als ein einfaches Holzkistchen, in dem man seltsame

Münzen oder andere belanglose Gegenstände aufbewahrt.

Aber an der Gebetsschatulle war nichts belanglos. Zum einen, weil sie mit einem kleinen Schloss aus purem Gold versehen war. Zum anderen hatte ihm dieses Holzkistchen das Leben gerettet.

Vorsichtig legte Joseph Maleachis altes Notizbuch auf die Schatulle und schlug es auf, um die leeren Seiten zu zählen. Zwei waren noch unbeschrieben, und er würde beide brauchen. Er tauchte den angespitzten Federkiel in das Tintenfass, das er mit heraufgebracht hatte, und machte sich ans Schreiben:

Ostersonntag, 9. April 1939,
geschrieben von Joseph Hutchinson.
Dies schreibe ich dir, meiner Urenkelin Deborah. Eines Tages, in vielen Jahren, wirst du dieses Notizbuch lesen und dich fragen: Wer war Joseph, der meinte, seine eigene Weisheit der größeren Weisheit Maleachis hinzufügen zu müssen?
Darauf antworte ich: Ich bin ein einfacher Mann, der vom Kummer des Lebens verschlungen worden wäre, hätte es die Gebetsschatulle nicht gegeben, die du jetzt in den Händen hältst.

Hätte man von Joseph Genaueres über das Jahr erfahren wollen, in dem die Gebetsschatulle in sein Leben trat, dann hätte er wahrscheinlich geantwortet, dass das Licht der Welt im Jahr 1891 für immer verloschen war. Vielleicht hätte er gesagt, dass er in jenem Jahr durch das finstere Tal des Todes gegangen sei und keinen Trost finden konnte und befürchtet hatte, daraus nie mehr als der Mann, der er einmal war, hervorgehen zu können.

Doch höchstwahrscheinlich würde er gar nichts sagen, weil er von seinen Gefühlen zu überwältigt und sprachlos wäre. Sein Blick würde in die ferne Vergangenheit gerichtet sein, er würde sich in seine Erinnerungen zurückziehen und einen mit der Frage allein lassen, was damals geschehen war.

Dabei könnte Joseph mit Fug und Recht behaupten, dass ihn die Gebetsschatulle von den Toten erweckt hat …

Teil 1

1

Ostersonntag, 1883

Es war ein hoffnungsvoller Augenblick, der Augenblick, als Daniel geboren wurde.

»Kein einziger Hutchinson hat je das mittlere Alter erreicht –«, flüsterte Joseph seinem schlafenden neugeborenen Sohn ins Ohr, »– bis jetzt.«

Viele Hutchinsons hatten geheiratet, einige eine Familie gegründet, alle bewirtschafteten die Farm, aber keiner hatte mehr als ein paar Jahre über seinen einundzwanzigsten Geburtstag hinaus gelebt.

In dem kleinen Ort auf Long Island tuschelten alle hinter vorgehaltener Hand, das sei der Wille Gottes. Einige zuckten mit den Achseln und behaupteten, das sei ein Fluch oder der böse Blick. Andere beharrten darauf, dass es schlicht und einfach nur Pech sei.

Keine dieser Erklärungen ergab einen Sinn, weil die Hutchinsons zu den freundlichsten Menschen zählten, die man nur kennenlernen konnte. Es gab nichts, was sie nicht für einen getan hätten, und jeder in der Stadt hatte eine Geschichte über eine gute Tat parat, die ein Hutchinson ihm erwiesen hatte. Doch trotz all ihrer guten Taten konnten die Hutchinsons ihre Jungen am Ende nicht vor Unheil bewahren.

Am Tag von Daniels Geburt wurden auf einmal all die unerfüllten Träume seiner Vorfahren auf den Neugeborenen übertragen. Die angesammelten Hoffnungen von Generationen lagen nun auf seinen unschuldigen Schultern, noch bevor er auch nur einen Schluck Muttermilch getrunken hatte. Vielleicht würde mit ihm der Fluch gebrochen werden, und die männlichen Hutchinsons würden bis ins hohe Alter leben. Joseph Hutchinson rechnete fest damit.

»Daniel, auf deinem Leben ruhen große Erwartungen«, sagte er, wiegte seinen Sohn in den Armen hin und her und dachte: Falls er überhaupt leben sollte.

Josephs Vater war im Alter von fünfundzwanzig Jahren gestorben. Durch einen Sturz vom Pferd, der bei ihm eigentlich nicht mehr als ein paar Kratzer hätte hinterlassen dürfen und ihm eine gute Geschichte geliefert hätte, die er den Kindern beim Mittagessen hätte erzählen können.

»Es gibt keinen Grund dafür, dass er an dem Sturz gestorben ist«, hatte der Arzt an seinem Totenbett gesagt.

Aber es war geschehen, er war ein Hutchinson, und seine Stunde hatte geschlagen.

Zehn Jahre später erbte Joseph die Farm von seiner Mutter, die so schwer geschuftet und sie allein bewirtschaftet hatte, dass dies wahrscheinlich eher die Ursache ihrer tödlichen Krankheit war als das »schwache Herz«, das der Arzt für verantwortlich erklärte.

Sie war schlicht und einfach völlig ausgelaugt. Eine Woche, nachdem er seine Mutter zur wohlverdienten Ruhe gebettet hatte, machte er an dem Punkt weiter, an dem sie aufgehört hatte. Schnell wurde ihm klar, dass er die Farm nicht im Griff haben würde; die Farm würde ihn im Griff haben.

»Du solltest es darauf anlegen, sehr stark zu werden.« Joseph sprach zu dem Baby, das er liebevoll in den Armen wiegte, zu seinem erstgeborenen Sohn, bei dessen Geburt er seiner Frau Miriam vor zwölf Stunden beigestanden hatte.

❋

Miriam hatte die Wehen gar nicht als solche erkannt, die im Laufe des Nachmittags immer schlimmer wurden. Sie tat sie als Bauchschmerzen wegen einer Schale Haferbrei ab, den sie beim Frühstück zu hastig hinuntergeschlungen hatte. Schließlich sollte das Baby erst in einem Monat kommen.

Außerdem war sie mit ihrer Arbeit auf dem Feld beschäftigt. Die Farmarbeit war anstrengend; alles musste zeitlich genau für die Ernte vorbereitet werden. Weder sie noch Joseph konnten es sich leisten, einen Nachmittag frei zu machen, da das Land kaum genug zum Überleben hervorbrachte.

Aus diesem Grund hatte Miriams Mutter sie flehentlich gebeten, diesen Jungen nicht zu heiraten. Miriam kannte die Gründe auswendig …

»Ich will mich ja nicht einmischen, meine Liebe, aber wenn du mich fragst –«

»Ich habe dich aber nicht gefragt, Mama«, seufzte Miriam.

»Mein Schatz, Josephs Aussichten sind düster«, sie senkte die Stimme, damit niemand mithören konnte, »und ein Fluch liegt auf ihm. Auf allen männlichen Hutchinsons. Das weiß doch jeder.«

»Das ist mir egal.« Miriam war überzeugt, dass ihre Liebe stark genug war, um ihn vor dem Hutchinson-Schicksal zu bewahren. »Das Einzige, was zählt, ist, dass ich ihn liebe.«

»Das weiß ich. Joseph ist ein hübscher junger Mann, aber die Ehe schließt man fürs ganze Leben.« Sie wusste, dass der Tod für ihre Tochter etwas Abstraktes war. Miriam war noch ein Baby gewesen, als ihr Vater gestorben war. Doch die Mutter bedrängte sie trotzdem weiter. »Wer wird sich um deine Kinder kümmern, wenn er –«, sie wählte die nächsten Worte mit Bedacht, »unerwartet versterben sollte?«

»Mama, in der Bibel steht, dass die Liebe stärker ist als der Tod. Willst du etwa behaupten, dass das, was in der Bibel steht, nicht stimmt?«

»Ich werde mit dir nicht über die Bibel streiten –«

»Dann hast du vielleicht einfach vergessen, wie es ist, wenn man jung ist.« Miriam brachte jedes Argument vor, das ihr in den Sinn kam.

»Leg mich noch nicht ins Grab. So alt bin ich nun auch wieder nicht.«

»Joseph hat Träume, Mama. Eines Tages wird er mehr sein als ein Farmer … so viel mehr!«

»Ich bin ja immer für Träume, meine Liebe, aber es ist die Realität, die das Essen auf den Tisch bringt.«

Miriam hörte auf, Argumente vorzutragen, und verlegte sich mit ganzem Herzen aufs Bitten. »Sag ja, Mutter, bitte.«

Sämtliche Frauen in ihrer Familie waren eigensinnig, und Miriam machte da keine Ausnahme. Dennoch konnte die Mutter sich ein Schmunzeln nicht verkneifen. So schüchtern ihre Tochter auch war, sobald Miriam sich etwas in den Kopf gesetzt hatte, gab es kein Zurück mehr. Was blieb ihr also anderes übrig? »Er scheint ein guter Mann zu sein, dieser Joseph Hutchinson.«

»Ach, Mama, danke«, jauchzte sie erleichtert. »Ich wusste schon an dem Tag, als ich ihn im Laden gesehen habe, dass er mich fragen würde, ob ich ihn heirate.« Und außerdem wusste sie, dass sie ja sagen würde.

»Das klingt ganz nach …«, sagte ihre Mutter und dachte an den Augenblick zurück, als sie den umwerfenden Mann mit dem bleistiftschmalen Schnurrbart, der dreißig Jahre älter war als sie und ihr Herz im Sturm eroberte, zum ersten Mal gesehen hatte. »… nach Liebe auf den ersten Blick.«

»Genau!«, rief Miriam aus. Das mit Joseph Hutchinson war tatsächlich Liebe auf den ersten Blick gewesen …

Miriam war überrascht, als sie im Maisfeld plötzlich Fruchtwasser verlor, und bis sie beim Haus ankam, hatte sie nicht mehr die Kraft, die Treppe zum Schlafzimmer hinaufzusteigen. Abgesehen von ihrer Federkernmatratze hatte das Farmhaus der Hutchinsons wenig an Komfort zu bieten. Drinnen wie draußen war es der Inbegriff von Einfachheit und Tüchtigkeit. Da gab es das vordere Zimmer, das ihnen als Wohnraum diente, und die Küche (mit einem Keller darunter), in der sie aßen und die eine gemauerte Feuerstelle besaß, welche eine ganze Wand einnahm. Im Obergeschoss gab es zwei Schlafzimmer, die gerade groß genug waren, um darin zu schlafen und sich anzuziehen, und darüber einen vollgestellten Speicher unter der steilen Dachschräge. Miriam legte sich auf die gepolsterte Bank im vorderen Zimmer und wartete, dass ihr Mann nach Hause kam und sich vor dem Abendessen wusch. Ihr blieb nichts anderes übrig, als zu warten.

Es dauerte nicht lange. Nach vierzig Minuten

kam Joseph mit einem zerzausten Strauß Wildblumen in der Hand durch die Vordertür in die Küche geschlendert.

»Miriam«, rief er, »ich habe ein Geschenk für dich.« Er schwor sich, dass er sich eines Tages richtige Geschenke würde leisten können, keine, die er der Erde gestohlen hatte.

Miriams Mutter hatte versucht, sie auf die Geburtsschmerzen vorzubereiten, trotzdem schrie Miriam, weil sie so stark waren. »Ich bin hier.«

Sie wollte sich vor Joseph nicht vor Schmerz krümmen, aber die Wehen kamen jetzt schneller und waren kaum zu ertragen.

Obwohl sie sich im angrenzenden Zimmer befand, klang ihre Antwort schwach und wie aus großer Distanz. Er ging in die Richtung, aus der ihre Stimme kam, und als er ihr kalkweißes Gesicht und ihre Lippen sah, aus denen jede Farbe gewichen war, rannte er zu ihr, ließ die Blumen fallen, und kniete sich neben ihr hin.

»Das sind nur die Wehenschmerzen, Joseph –« Eine weitere Wehe verschlug ihr die Sprache.

»Das kann nicht sein. Es ist doch einen ganzen Monat zu früh«, entgegnete Joseph, als könnte diese Erklärung etwas an der Realität ändern. Er legte die Hände auf ihren dicken Bauch, der sich anfühlte, als würde er gleich platzen. Aber was war, wenn sie recht hatte? Eine animalische Angst ließ ihn erschaudern, eine Angst, die alle Männer in einem solchen Augenblick erfasst, wenn sie wissen, dass sie machtlos sind und den Lauf der Natur nicht aufhalten können. »Miriam, ich sage dir, es ist zu früh.«

Sie konnte sich ein Lachen nicht verkneifen – mit siebzehn war ihr Mann ja immer noch ein Junge. »Ob zu früh oder nicht, unser Baby kommt.«

»Aber Miriam«, wandte er ein und versuchte sie zu überzeugen, »du verstehst nicht, was ich meine. Es bleibt keine Zeit, die Hebamme zu holen. Selbst wenn ich fliegen könnte, wäre ich nicht rechtzeitig mit ihr zurück.«

Er stand auf und fing an, durch das Zimmer zu tigern. »Was sollen wir nur machen?«, fragte er, und seine Stimme versagte vor Aufregung.

»Joseph, du wirst eben tun müssen, was nötig ist.« Sie sagte das, als sei Geburtshilfe etwas, was Joseph tagtäglich praktizierte.

Er blickte sie ungläubig an.

Miriam kannte ihren Mann; er war fähig, mit einer Aufgabe zu wachsen.

Joseph geriet in Panik, aber er wusste, dass sie recht hatte. »Ich muss erst noch etwas erledigen, und wenn ich zurück bin, dann werde ich deine männliche Hebamme sein.« Wenn er etwas zu tun hatte, fühlte er sich nicht mehr hilflos.

Sie lächelte über seinen Versuch, lustig zu sein, und stellte sich Joseph in einer Schürze vor, wie er ihrer Bitte nachkam.

❋

Als Miriam ihn im Dorfladen zum ersten Mal sah, war sie diejenige, die eine Schürze trug und seiner Bitte nachkam. Natürlich hatte sie die Gerüchte über den Fluch gehört, aber hier stand der Jüngste der Hutchinsons unmittelbar vor ihr und sah unglaublich gut aus. »Kann ich Ihnen behilflich sein?«, fragte sie.

»Ich glaube, ich habe schon gefunden, was ich suche«, antwortete Joseph mit mehr Mut, als er sich selbst zugetraut hätte. »Ich bin Joseph Hutchinson«, sagte er und streckte ihr die Hand entgegen.

Sie nahm sie in beide Hände, als wären sie ein Preis, mit dem sie soeben bei der Messe ausgezeichnet wurde.

Das Zittern ihrer Finger trieb ihn weiter an. »Würden Sie am Sonntagnachmittag einen Spaziergang mit mir machen?«

»Ich muss meine Mutter zuerst um Erlaubnis fragen.«

»Glauben Sie, Ihre Mutter mag jemanden wie mich?«, fragte er mit der Selbstsicherheit eines Mannes, der doppelt so alt war wie er. Als Joseph das letzte Mal in Liebe entbrannt war, war er ganz von Sinnen gewesen, doch bei diesem Mädchen hier schien er sich bestens unter Kontrolle zu haben. »Und, wie lautet Ihre Antwort?«

»Ich werde es Sie wissen lassen …«

»Wann?«

Seine Dreistigkeit jagte ihr Angst ein, faszinierte sie aber gleichzeitig. »Morgen?«, stammelte sie.

Das Erröten ihrer Wangen ermunterte ihn. »Das heißt, dass ich morgen wieder in die Stadt kommen muss.«

»Vermutlich«, antwortete Miriam. »Tut mir leid.«

»Stimmt gar nicht! Es tut Ihnen kein bisschen leid.«

Miriam lächelte über das ganze Gesicht. Sie mochte ihn. Nein, es war mehr als nur mögen.

Ihr Lächeln war so einnehmend, dass Joseph das Gefühl hatte, von dessen Wärme umschlossen zu sein. Er, der sein Leben unter der dunklen Wolke der Hutchinsons verbrachte, stellte unerwartet fest, dass er im hellen Sonnenschein stand. Und die Sonne schien direkt auf ihn.

Einen Augenblick standen sie sich gegenüber und schauten einander schweigend an.

Vielleicht war ihr Licht ja hell genug, um das düstere Hutchinson-Schicksal wegzubrennen. »Dann bis morgen, Miss –«

»Sie können Miriam zu mir sagen.«

»Miriam.« Die weichen Vokale machten sich in seinem harten Leben gut. »Dann sehe ich Sie morgen, Miriam. Und übermorgen, und überübermorgen!«

»Das ist zu viel«, entgegnete sie und antwortete damit eher in geziemender als ehrlicher Weise. »Was werden die Leute denken?«

»Was die denken, wird mich nicht davon abhalten, jeden Tag wiederzukommen, um sicherzugehen, dass Sie bis zum Sonntag Ihre Meinung in Bezug auf mich nicht ändern.«

Sie hatte das Gefühl, als blicke ihr Joseph direkt ins Herz – und sähe, dass sie mit ihm am Sonntag spazieren gehen würde, ganz egal, was ihre Mutter sagte …

Joseph kniete sich neben Miriam und ergriff die Hände seiner Frau. Er drückte sie fest und versuchte, ihr seine Kraft zu übertragen. »Ich komme gleich zurück«, sagte er, »ich brauche nur ein paar Minuten.« Dann stand er auf und lief aus dem vorderen Zimmer.

Hastig stieg er die erste Treppe hinauf, rannte an den beiden kleinen Schlafzimmern und dem winzigen Abstellraum im Flur vorbei und dann die vier letzten Stufen zur Speichertür hinauf. Er schloss die schlichte, unlackierte Kiefertür mit dem Schlüssel auf, den er immer bei sich trug, und betrat den kleinen Raum, der sein Rückzugsort, seine Festung war.

Er schloss die Tür hinter sich und ging die paar Schritte bis zu dem Stuhl, der in der Mitte des schlecht beleuchteten Raums stand. Er setzte sich hin, schloss die Augen und versuchte, sich zu konzentrieren. Aber wer konnte sich schon in einem solchen Moment konzentrieren?

Da er kein Geld hatte, um einen Arzt zu bezahlen, und da keine Zeit blieb, die Hebamme zu rufen, legte Joseph all seinen Glauben in diesen stickigen kleinen Speicher, der ihm seit jenem Tag, als hier vor Jahren sein erstes Gebet erhört wurde, als sein heiliger Tempel gedient hatte.

Als Joseph als Junge in einem Haus voller anderer Hutchinsons gelebt hatte, hatte er sein kleines Schlafzimmer mit zwei Brüdern teilen müssen. Er hatte keinen Ort, den er als den seinen bezeichnen konnte. Kaum hatte er den Keller ins Auge gefasst, da erklärte seine Mutter in einem Tonfall, der keine Widerrede duldete: »Der Keller ist kein Ort für einen Jungen.«

Es war sein älterer Bruder, Luke, der ihm den Dachboden vorschlug. »Ma und Pa gehen nie da rauf, höchstens mal, um da oben Zeug zu verstauen, das niemand mehr braucht.« Noch am selben Tag reklamierte Joseph den Speicher für sich und bezeichnete ihn bald als seinen Ort »zum Nachdenken«.

Trotz der Enge fanden sich auf diesem Dachboden lauter Hutchinson-Dinge – eine Ansammlung kaputter Möbel und Kisten voller Kleider, Spielsachen, Firlefanz und wer weiß, was sonst noch alles. Für Joseph waren das geweihte Artefakte; alle mit der besonderen Macht versehen, die eine uralte Geschichte den Dingen verleiht. Inmitten dieser Geschichte fand er in Notzeiten seine Sicherheit.

An einem einsamen Abend beschwor er aus einer Laune heraus die Macht des Speichers und betete um Liebe, und schon ein paar Monate darauf fand er Arbeit auf Grace Browns Farm. Der Dachboden hatte sein Gebet erhört. Von diesem Moment an setzte Joseph blindes Vertrauen in die Macht dieses Raumes.

»Hilf mir, mein Erstgeborenes zu entbinden.« Dieses Mal war sein Gebet einfach, kurz und knapp.

Es vergingen gerade einmal zwei Minuten des Schweigens, dann murmelte Joseph »danke«, verließ hastig den Raum und schloss die Tür hinter sich zu. Kaum stand er vor der Tür, holte ihn der Schrei seiner Frau schnell wieder auf den Boden der Realität zurück.

Drei Stunden und zweiundzwanzig Minuten später wurde sein Sohn, der schwarze Haare und blaue Augen hatte, geboren. Joseph durchtrennte perfekt die Nabelschnur und ließ die beiden erst allein, nachdem sie, das Baby im Arm der Mutter, fest eingeschlafen waren. Auf Zehenspitzen schlich er sich aus dem Haus und machte sich auf die Suche nach dem idealen Stück Holz. Nichts machte ihn glücklicher und beruhigte ihn mehr als Schnitzarbeiten. Jetzt, da er die Verantwortung eines Mannes trug, hatte er weniger Zeit dafür, doch als Joseph jünger war, hatte er stets ein Stück Holz zum Schnitzen in einer seiner vielen Taschen mit sich herumgetragen.

Bis Joseph den ersten Schrei seines Sohnes nach Nahrung, Aufmerksamkeit und Liebe vernahm, hatte er ihm ein Spielzeug geschnitzt, von dem er wusste, dass es ihm gefallen würde. Es war ein Soldat, der gleichzeitig die Arme und Beine bewegte, wenn man an einer Schnur zog, die oben an seinem kleinen Helm befestigt war. Doch so sehr Daniel beim Anblick des albernen, tanzenden Soldaten auch kicherte, den sein Vater vor ihm hin und her baumeln ließ, die Falte quer über seiner Stirn, ein Markenzeichen aller männlichen Hutchinsons, verschwand nie.

2

Sommer 1885

Zum Farmhaus der Hutchinsons gehörten sechs Hektar Land (früher waren es einmal vierzehn Hektar gewesen). Das aus Holz erbaute Haus – vorwiegend aus Kiefer, für die Schindeln und das Dach hatte man Eiche verwendet – war einfach und stabil konstruiert. Das Fundament und der große Kamin waren aus Stein gemauert. Eine lange angebaute Veranda bot trockenen Stauraum für das Feuerholz und ließ genügend Platz für eine Bank und zwei Schaukelstühle, auf denen man sich zwischen den Arbeiten ausruhen und erholen konnte. Das quadratische Speicherfenster und die kleinen rautenförmigen Fenster (alle mit Fensterläden versehen) und der große Garten bekamen dank der Südlage reichlich Licht und Wärme ab.

Joseph und Miriam knieten im Garten und ernteten Gemüse für das Mittagessen. Miriam erwartete in wenigen Tagen ihr zweites Baby. »Joseph, ich habe dich nicht geheiratet, um ein Leben in Luxus zu führen.«

»Das weiß ich, aber ich dachte, es würde mit der Zeit einfacher werden.«

»Das liegt daran, dass du ein Träumer bist, mein lieber Mann«, sagte Miriam lächelnd. »Und ich wollte es ja gar nicht anders haben.«

»Was hat uns meine Träumerei schon Gutes gebracht?«

Zwar hatte die Hutchinson-Farm seit ihrer Gründung durch seine Vorfahren über die Jahre an Fruchtbarkeit hinzugewonnen, aber an Land verloren. Die Hutchinson-Männer waren der Reihe nach in jungen Jahren gestorben und hatten die Bewirtschaftung des Landes ihren Frauen und kleinen Kindern überlassen. Jede Generation belastete die Farm entweder mit Hypotheken oder verkaufte Landparzellen, um irgendwie über die Runden zu kommen.

Miriam fuhr mit der Fingerspitze über Josephs stets gerunzelte Stirn und hinterließ dabei einen Schmutzstreifen. Sie lachte über ihr Kunstwerk. »Hast du nicht bemerkt, dass der Tag zu schön ist, um sich über irgendetwas Sorgen zu machen?«

»Eine hochschwangere Frau auf den Knien im Garten, und ich mit einem Fluch, der bedrohlich über meinem Kopf schwebt. Wie kann man sich da keine Sorgen machen?«

»Wirst du mir wohl irgendwann glauben, dass die Liebe am Ende siegen wird?«

»Du und dein Glaube«, sagte er und beugte sich vor, um sie in die Arme zu schließen. Doch Daniel, der in der Küche schrie, hatte Vorrang.

Instinktiv wich Miriam zurück. »Unser Sohn hat Hunger.«

»Sein Vater ebenfalls!«, sagte Joseph scherzhaft zu Miriams Rücken, während er beobachtete, wie sie um die Ecke in die Küche verschwand.

Einen Augenblick lang wandte Joseph Hutchinson seine Gedanken wieder den Pflanzen zu, dann rammte er frustriert die Fäuste in den Boden. »Ich bin nicht zum Farmer geboren«, grummelte er verbittert. Er hatte keinen Augenblick seines Lebens für sich. Die Feldfrüchte diktierten sein Leben und bestimmten jahraus, jahrein von Sonnenaufgang bis Sonnenuntergang seine Tage. Die Farm, die Farm, immer kam die Farm an erster Stelle.

Am nächsten Morgen nahmen die Hutchinson-Männer ihr Frühstück mit außergewöhnlichem Genuss zu sich: Daniel auf Miriams Schoß und Joseph neben ihr. Nichts liebte Joseph mehr als ihre in der Pfanne gebackenen Brotfladen, bestrichen mit warmer Kürbis-Apfel-Butter. Deshalb fühlte er sich, obwohl er einen Tag harter Arbeit auf den Feldern vor sich hatte, für den Augenblick wie im siebten Himmel.

»Bist du bereit, heute Besuch zu empfangen, mein Kleiner?«, fragte Miriam den Sohn an ihrer

Brust. Sie bemühte sich, aber sie konnte sich ein leichtes Schmunzeln nicht verkneifen.

Joseph wandte sich ihr zu. »Besuch?« Der Sonntag war der Tag für Besucher, nicht mitten in der Woche.

»Genau genommen zwei Besucher – die Hebamme und unser kleines Mädchen.« Niemand brauchte Miriam zu sagen, dass sie in diesen neun Monaten ein Mädchen ausgetragen hatte.

Als Joseph endlich klar wurde, was Miriam da sagte, sprang er auf und warf dabei seinen Stuhl um. Er umarmte seine Frau, so dass ihr fast die Luft wegblieb und sein Sohn beim Frühstück gestört wurde. Als Daniel wegen der Unterbrechung losweinte, rannte Joseph ins Schlafzimmer hinauf, um für Miriam alles vorzubereiten. Dieses Mal würde ihr Kind wie geplant auf die Welt kommen – im neunten Monat, in ihrem eigenen Bett und von einer echten Hebamme entbunden.

Als Joseph in die Küche zurückkehrte, saß Miriam im Schaukelstuhl neben der Feuerstelle, und Daniel lag schlafend in ihren Armen. Joseph umarmte sie noch einmal, als gäbe es kein Morgen.

»Jetzt geh, lieber Mann, es sei denn, du möchtest unsere Tochter selbst entbinden«, drohte sie ihm zum Spaß.

Einmal reiche ihm, sagte Joseph und lachte aus voller Kehle. Er ging in den Stall, sprang, ohne Eleanor zu satteln, auf die Stute und ritt in die Stadt.

Als er beim Haus der Hebamme ankam, öffnete deren Mann die Tür. Ohne Begrüßung sprudelten die Neuigkeiten aus Joseph in einem einzigen langen Satz heraus. Der Mann klopfte ihm auf den Rücken und versprach, dass seine Frau vor Mittag bei ihm draußen auf der Farm sein würde.

»Sie ist nicht da?«, fragte Joseph bestürzt. »Ich dachte, sie würde mir gleich mit ihrem Wagen nach Hause folgen.«

»Sie ist bei der Geburt des Baxter-Babys«, erklärte der Mann, der gar nicht auf Josephs Drängen einging.

»Und was ist, wenn die Geburt länger dauert, als –«

»Machen Sie sich keine Sorgen, Mann, Sie haben mein Wort.«

»Ihr Wort?«, wiederholte Joseph, inzwischen ganz verängstigt.

»Ich verspreche es Ihnen«, sagte der Mann ohne jegliches Zeichen von Ungeduld, »sie wird bis Mittag da sein.«

So ging das mehrere Male hin und her, bis Joseph schließlich aufgab, obwohl er kein bisschen überzeugt war, da er wusste, dass kein Mensch auf der Welt die genaue Zeit der Geburt eines Babys voraussagen konnte.

Um zwei Uhr setzten Miriams Wehen richtig ein. Um drei war die Hebamme noch immer nicht da. Um vier war Joseph ganz außer sich. Was war, wenn sie es vergessen hatte? Wenn sie gar nicht kam? Er rannte in die Küche hinunter und tigerte im Kreis herum, weil er seine Panik nicht unter Kontrolle bringen konnte. Als er die Haustür aufriss, um nach ihr Ausschau zu halten, stieß er auf der Veranda mit ihr zusammen.

»Mr. Hutchinson, das Baxter-Baby kam mit den Füßen zuerst. Es war eine schwierige Geburt«, stammelte sie nervös. »Ich entschuldige mich für die übergroße Zuversicht meines Mannes. Eine Frau hätte ein solches Versprechen niemals gegeben.«

»Sie hatten Angst, Ihre Arbeit zu verlieren, und ich hatte Angst, sie tun zu müssen«, sagte Joseph, und es gelang ihm, ein klein wenig zu lächeln.

Erleichtert über seinen unerwarteten Humor, antwortete die Frau: »Ich denke, dann sind wir wohl quitt.«

Nicht ganz quitt, dachte er, aber stattdessen sagte er: »Sagen Sie mir, was kann ich tun, um Ihnen zu helfen?«

»Sie können meinem Pferd etwas Wasser geben und Ihre Frau und mich in Ruhe lassen. Aber davor wäre es sehr nett, wenn Sie mir eine Tasse Tee machen würden.«

Mit diesen Worten übernahm sie den Haushalt auf strenge, professionelle Weise. Sie legte den Hut und die Handschuhe ab und stellte ihre große, dicke Tasche neben Daniels Wiege auf den Boden. Sie zog die Ecken seines Lakens zurecht und befühlte seine Stirn mit der Handfläche. Ohne Joseph um

Erlaubnis zu fragen, steckte sie zwei weitere Holzscheite in den gusseisernen Ofen, damit Daniel es wärmer hatte. Dann band sie sich ordentlich eine saubere weiße Schürze um, die von der Geburt des Babys bald purpurrot bespritzt sein würde.

Joseph beobachtete, was sie tat, während er ihr den Tee zubereitete. Dann ging er leise ins Schlafzimmer hinauf zu Miriam, die gerade eine willkommene Pause zwischen zwei Wehen hatte.

»Darf ich hereinkommen?«, fragte er schüchtern.

Miriam antwortete, indem sie die Arme ausbreitete. Während ihr Mann in diesen Krisenzeiten sanftmütiger wurde, wurde sie kühner.

Eine Dreiviertelstunde später stieg Joseph die Stufen zum Dachboden hinauf. Er schloss die Tür auf und betrat den düsteren Raum, der mit den Habseligkeiten seiner Vorfahren angefüllt war. Er hatte Miriam nicht gesagt, wie wichtig ihm der Dachboden war. Wie konnte er ihr auch erklären, was er in diesem Raum empfand? Wie kann man das Gefühl von Magie erklären, wenn man selbst nicht daran glaubt?

Zuerst ging er, wie immer, zur Hutchinson-Familienbibel. Aber es war nicht die Bibel, die ihn interessierte. Im Gegensatz zu Miriam war Joseph nicht gläubig. Es ging ihm vielmehr um die dreiundzwanzig Seiten, auf denen die Geburten und

Todesfälle, die besonderen Leistungen und denkwürdigen Anekdoten aufgelistet waren. Diese einleitenden Seiten waren Joseph heilig. Das Buch hatte sich in Familienbesitz befunden, so weit sich irgendwer zurückerinnern konnte. Der brüchige Einband drohte jedes Mal, wenn Joseph das Buch aufschlug, auseinanderzubrechen, doch weil er damit so behutsam umging, wie er es am Tag seiner Geburt mit seinem Sohn getan hatte, blieb er trotz seines Alters intakt.

Joseph nahm auf dem Stuhl, der in der Mitte dieses winzigen Raumes stand, Platz, hielt das Buch liebevoll auf seinem Schoß und strich über den Einband, wie er vielleicht über gedeihendes Grünfutter streichen würde. Bei dem Stuhl, der so alt war wie das Haus, fehlten zwei Spindeln der Rückenlehne, das rechte vordere Bein war locker und das linke hintere Bein ein Stück kürzer als die anderen. In welcher Farbe er ursprünglich angemalt gewesen war, konnte man nur erraten. Doch es war eine andere Art von Trost, die Joseph hier suchte.

Er schloss die Augen und saß schweigend da. Natürlich hörte er das immer lauter werdende Stöhnen seiner Frau unten, aber hier oben, auf seinem Dachboden, berührte es ihn nicht.

Miriam erklärte ihm immer wieder, dass alle Macht von Gott komme, nicht von einem mit Sachen vollgestopften Raum. Aber Joseph wusste es besser. Er wusste, dass Gott im Himmel lebte, nicht auf der Erde oder in seinem Haus, wo Joseph ihn am meisten gebraucht hätte. Der Dachboden dagegen befand sich immer am Ende der Treppe, genau da, wo Joseph ihn brauchte. Der Speicher war greifbar, etwas, was er berühren und festhalten konnte; etwas, zu dem er beten konnte und das nahe genug war, um ihn zu hören – und zu antworten. Im Laufe der Jahre wurde der Dachboden sein Gott, und Joseph setzte bedingungsloses Vertrauen in seine absolute Macht.

In diesem Raum stand die Zeit still, wenn er betete, deshalb konnte er, wenn er den Speicher verließ, nie sagen, ob eine Minute oder eine Stunde vergangen war. Es musste eine ganze Weile gewesen sein, denn als er die Tür hinter sich zuschloss, hörte er sogleich die gequälten Schreie seiner Frau ein Stockwerk tiefer.

Er rannte die Treppe hinunter und kehrte an Miriams Bett zurück und zu der dringlichen Sache, nämlich der Geburt seiner mageren, fünf Pfund schweren Tochter, der sie den Namen Mary gaben. Sie hielt sie in dieser ersten Nacht wach, wechselte zwischen Schreien und Lächeln, schlief jedoch nie. Sie besaß gleich von Anfang an eine ausgeprägte Persönlichkeit.

Ihr zuliebe verbrachte Joseph die Nacht in der Scheune und schnitzte aus dem schönsten honigfarbenen Stück Holz, das er sich für einen besonderen Anlass aufgehoben hatte, ein hübsches Pony. Die schöne blonde Mähne und den langen

Schweif fertigte er aus dünnen Fäden, die er aus Miriams Nähkorb stibitzt hatte. Eines Tages werde ich vielleicht in der Lage sein, ihr ein echtes Pony zu schenken, träumte er vor sich hin. Doch er würde das Tier nicht mehr lieben als das in seiner Hand, das, welches er selbst zum Leben erweckt hatte. Die beweglichen Beine, der hin und her wedelnde Schweif und der mitfühlende Blick ließen es fast echt erscheinen. So groß war das Geschick, die Liebe und die Begabung, die Joseph für solche Schnitzarbeiten besaß.

3

Sechs Jahre später, Juni 1891

Es kommt natürlich gar nicht in Frage, von den vielen hundert kleinen Veränderungen zu berichten, die sich im Laufe der Jahre ereigneten. Daniel und Mary wuchsen Zentimeter um Zentimeter, und ebenso wuchs Josephs Freude an ihnen.

Es gab Augenblicke wie jenen, als die Kinder ihn eines späten Nachmittags auf den Feldern entdeckten und darauf bestanden, dass er mit ihnen spielte. »Klar«, antwortete er, als habe er nichts Wichtigeres zu tun, als mit ihnen aus Steinen eine Festung zu bauen. Oder jener Abend, als der gusseiserne Ofen so viel Rauch ausstieß, dass Joseph beschloss, draußen ein Zelt aufzubauen, in dem sie alle vier unter dem Sternenhimmel schlafen konnten. Oder jener Morgen Ende Januar, als seine Familie die Schneeballschlacht aller Schneeballschlachten ausfocht.

Kaum hatte Joseph bei Sonnenuntergang das Haus betreten, da erzählten ihm die Kinder die Geschichten, die sie geschrieben hatten, oder er musste Streitigkeiten schlichten oder heile, heile Segen bei frischen Wunden machen. Daniel und Mary hatten Josephs ungeteilte Aufmerksamkeit.

Und auch Joseph und Miriam fühlten sich inzwischen miteinander rundum wohl. Sie hatten sich die Geheimsprache verheirateter Paare angewöhnt, wenn ein Blick so viel aussagte wie ein ganzer Satz und Schweigen eine ganze Geschichte erzählen konnte. Nachdem die Kinder abends ins Bett gebracht waren, kam für die beiden die schönste Zeit, die kostbaren ein oder zwei Stunden, die sie ganz für sich hatten.

Miriam wünschte sich, ihre Mutter könnte sehen, wie gut sich alles für sie entwickelte; sie hatten hart gearbeitet, und zur Belohnung war Gottes Fülle inzwischen überall gegenwärtig. Sie stapelte die letzten Zinnteller aufeinander, gab ihrem Mann einen Abschiedskuss und griff nach ihrem Mantel.

Joseph sah ihr zu, wie sie sich zum Gehen richtete. »Gehst du wieder, um dich um Rose zu kümmern?«, fragte Joseph, obwohl er ganz genau wusste, dass Miriam in letzter Zeit einen Abend pro Woche bei der vier Jahre alten Tochter ihrer Nachbarin Grace verbrachte.

»Wo werde ich nach Sonnenuntergang wohl hingehen, Joseph?«, entgegnete sie lachend. »Zum Tanzen in die Stadt?«

Er wollte nicht, dass sie ging, deshalb scherzte er darüber. »Vielleicht ein anderer Mann? Welcher Ehemann kann schon mit Sicherheit sagen, was im Kopf seiner Frau vor sich geht? Es heißt, das siebte Ehejahr sei das heikelste, meine gute Frau.«

Sie spürte die Liebe in seinen Sätzen. »Nun denn, mein lieber Mann, da ist etwas Heikles für dich – sattle Eleanor für mich, damit ich vor Mitternacht bei Grace ankomme.«

Rose Brown war von Anfang an ein kränkliches Kind gewesen, aber in Miriams Armen schien sie weniger zu leiden, ihr Fieber ging zurück, und sie atmete sogar ruhiger. Zwar bewunderte Joseph den Glauben seiner Frau, aber er beunruhigte ihn zugleich. Er stand von dem Schaukelstuhl neben der Feuerstelle auf und ging auf sie zu. Mit beiden Händen umfasste er ihr Gesicht. »Du würdest die Leiden der kleinen Rose auf dich nehmen, wenn du könntest, stimmt's?«, fragte er.

Der Mann konnte noch immer geradewegs in sie hineinsehen. »Hätte ich bloß die Macht dazu, Joseph.«

Genau das wollte er gar nicht hören. Mit einem Anflug von Verärgerung sagte er: »Ich verbiete es dir, Miriam. Dein Glaube kann vielleicht die Welt heilen, aber was bringt es mir, wenn ich meine Frau verliere und die Kinder ihre Mutter?« Er drehte sich um und steuerte auf die Tür zu.

»Joseph, mein Lieber –«, sagte sie überrascht über seinen Ausbruch, aber sie wusste, dass sie ihn nicht würde besänftigen können. Ihr Glaube war schon immer eine Quelle für Meinungsverschiedenheiten zwischen ihnen gewesen. »Du weißt, dass ich es nicht ertragen kann, ein Kind leiden zu sehen.«

Reichte es nicht aus, dass er unter einem Fluch stand, musste sie ihm auch noch ins Grab folgen? »Warum müssen wir es denn ertragen, dass das Leid eines Nachbarkindes zu unserem eigenen Leid wird?« Er umfasste den Türknauf so fest, dass seine Fingerknöchel weiß wurden.

»Sie ist nicht irgendeine Nachbarin, Joseph. Sie ist Grace Brown, deine frühere Freundin.«

Diesen Teil seines Lebens hatte er längst abgehakt. Er drehte sich abrupt zu ihr um und sagte: »Und du, Miriam Hutchinson, bist meine Frau.« Er nahm seinen Hut vom Haken neben der Tür und fügte hinzu: »Ich will dir sagen, was dein Problem ist. Du bist zu gut, und eines Tages wird dich das noch umbringen, fürchte ich.«

Damit polterte er aus der Tür und schäumte den ganzen Weg zum Stall vor Wut. Während er Eleanor das Zaumzeug anlegte, erinnerte er sich an die Zeit, als er vierzehn war und wie allein schon die Erwähnung des Namens Grace ihm einen Schauder über den Rücken jagte …

❋

Es war an einem Freitag gewesen, als Joseph mit pochendem Herzen die Verandastufen hinaufstieg und ganz aufgeregt an der Haustür der Browns klopfte. Er wusste, dass Grace öffnen würde, weil Mr. Brown nie da war. Die Leute erzählten, ihr Mann habe sie nur geheiratet, um an das Geld ihrer Familie heranzukommen. Es hieß, er liebe den Alkohol mehr als seine Frau. Joseph konnte nicht glauben, dass ein Mann etwas anderes lieber haben könnte als Grace. Er stellte sie sich immer auf einer Bühne vor, mit ihrer wilden, langen blonden Mähne und ihren kornblumenblauen Augen. In seinen ruhelosen und einsamen Nächten träumte er von ihr, dass sie nur für ihn auftrat. Er war so verliebt in sie, wie es allein ein Vierzehnjähriger sein konnte. Unheilbar. Verzweifelt. Ganz im Stillen.

»Hallo«, sagte Grace herzlich und öffnete ihm die Tür. Sie hatte die Münzen, seinen Arbeitslohn, schon abgezählt.

Joseph lebte für die Freitage. Kein Tag der Woche hatte eine andere Bedeutung, als dass er ihn dem Freitag einen Schritt näher brachte, dem Tag, an dem er auf der Farm der Browns arbeitete. Joseph streckte die Hand aus, und Grace ließ die Münzen aus ihrer Handfläche in seine fallen.

Das Gewicht der zwölf Münzen vermittelte Joseph das Gefühl, ein echter Mann zu sein. »Danke sehr, Mrs. Brown«, sagte er mit möglichst tiefer Stimme.

Ganz im Gegensatz zu der ihres Mannes war Josephs junge Leidenschaft spürbar, und ein Funken davon übertrug sich auch auf sie. »Gern geschehen«, antwortete sie und streckte ganz unerwartet die Hand aus, um ihm über die Wange zu streichen.

Als ihre Fingerspitzen ihn berührten, wurden Josephs Ohren glühend rot. Gefangen in seiner Vernarrtheit, unfähig, auch nur eines seiner Gefühle in Worte zu fassen, fing er zu stammeln an.

Geschmeichelt, aber in inneren Konflikt geraten, zog Grace ihre Hand sogleich zurück. Sehr zärtlich sagte sie: »Du wirst wissen, dass du die richtige Frau kennengelernt hast, wenn dir die Worte leicht über die Lippen gehen.«

Aber ich habe die richtige Frau kennengelernt, wollte er sagen, sie steht hier vor mir! Joseph sprach trotz der Tatsache, dass seine Hände schwitzten und es sich anfühlte, als habe er den Mund voll Sand. »Grace«, stammelte er, »ich m-m-muss Ihnen sagen, wie sehr ich …«

Während der Landarzt der kleinen Rose kalte Bäder und Bettruhe verordnete, hielt Miriam an ihren eigenen Heilmitteln fest. »Liebe«, sagte sie zu Grace, »Liebe heilt alle Leiden.«

Aber dann kam der Tag, als Rose nur noch schwer atmete und nichts mehr essen wollte. Sie kämpfte ums Überleben.

Obwohl Miriam die ganze Nacht wach gewesen war, wartete sie bis Sonnenaufgang, um mit Joseph über den sich verschlechternden Zustand von Rose zu sprechen. »Du weißt, dass Grace mehr als genug durchgemacht hat. Du kennst die Gerüchte – als Grace schwanger war, hat sich ihr Mann mit dieser Becky Stone aus dem Staub gemacht, die genauso dem Alkohol zugesprochen hat wie er. Grace hat den Nachbarn gegenüber gute Miene zum bösen Spiel gemacht, Joseph, aber wie könnte sich eine Frau so etwas nicht zu Herzen nehmen?« Das alles sagte sie nur, um auf ihre Weise auszudrücken, dass es schlicht herzlos wäre, ihr nicht zu helfen.

Miriam konnte ja nicht ahnen, wie stark Josephs Gefühle für Grace gewesen waren, denn er hatte sie so tief in sich begraben …

❋

Der junge Joseph hatte keine Erfahrung in Herzensangelegenheiten. Als er Grace gegenüberstand, konnte er nur noch stammeln.

Grace legte ihre Fingerspitzen auf seinen Mund und lächelte. »Pst, jetzt aber, Joseph Hutchinson.«

In seinem Blick brannte das Bedürfnis, ihr seine Gefühle zu offenbaren. Er musste es einfach tun.

Vielleicht lag es an ihrem düsteren Schicksal, dass die Hutchinson-Männer eine Intensität an sich hatten, die sie viele Jahre älter erscheinen ließ, als sie tatsächlich waren. Grace spürte sein wachsendes Ungestüm und wich zwei Schritte zurück. Sie wagte es nicht, ihm noch länger direkt in die Augen zu sehen, und so war es Mrs. Grace Brown, die das Gespräch beendete. »Eines Tages wird es anders sein, Joe. Das verspreche ich dir.«

Im Glauben, dass sie von ihnen beiden sprach, schwor Joseph: »Ich werde Sie an dieses Versprechen erinnern!«

Dann lernte er zwei Jahre später Miriam kennen und stellte fest, dass ihm die Worte zu seiner großen Überraschung problemlos über die Lippen kamen, genau wie Grace es vorausgesagt hatte …

❋

Die Hände in die Hüften gestemmt, starrte Miriam ihren Mann an und wartete auf seine Antwort. »Was sagst du dazu, Joseph?«

»Ich sage, dass wir tun müssen, was wir können, um Grace und ihrer Tochter zu helfen.«

Mit einem hörbaren Seufzer der Erleichterung erklärte Miriam Joseph, dass sie von nun an die Nächte bei Rose verbringen wolle.

»Wie viele Nächte?«, fragte er, bereit, ein gewisses Entgegenkommen zu zeigen.

»Jede Nacht«, antwortete sie und hielt dann den Atem an.

»Du verlangst von mir, dass ich allein schlafe?«

»Nur eine Woche, vielleicht zwei, bis es Rose wieder besser geht.«

»Jemandem einen Gefallen zu tun, ist in Ordnung, Miriam. Aber deine Freundlichkeit kennt keine Grenzen.«

»Grace gehört doch zur Familie, Joseph. Oder hast du es vergessen? Sie war so nett zu dir, als du noch ein Junge warst.«

Joseph schwieg.

»Und da ist noch etwas. Da du tagsüber auf den Feldern bist, und ich in der Nacht bei Rose, sollte Daniel auf Mary aufpassen«, schlug Miriam vor und wechselte damit geschickt das Thema.

Es kostete Joseph einige Mühen, den Mund zu halten, aber er tat es Miriam zuliebe, die nicht mehr das schüchterne, behütete Mädchen war, das er einst umworben hatte; sie war zu einer mutigen Frau aufgeblüht, die ihren eigenen Kopf hatte.

Am nächsten Morgen teilte Miriam Daniel mit, dass er von nun an in ihrer Abwesenheit der Mann im Haus sei. Wie erwartet, strahlte Daniel, und Mary schmollte.

»Mach dir keine Sorgen, Mama, ich werde gut auf meine kleine Schwester aufpassen.«

»Ich bin nicht klein!«, schrie Mary los und drehte sich Zustimmung suchend Miriam zu.

Miriam und Joseph lachten, aber für Mary war das gar nicht zum Lachen. Sie wehrte sich nicht etwa gegen Daniels Anweisungen, weil sie wusste, dass die Aufgaben, die er ihr zuwies, nun einmal erledigt werden mussten. Es war vielmehr die Art und Weise, wie er sie genüsslich herumkommandierte, die sie so wurmte.

Miriam schlief zwei Wochen lang in Roses Bett, das kleine Mädchen in den Armen, dann kehrte eine gesunde Röte auf die Wangen des Kindes zurück. Es war eine Röte, die Rose eigentlich seit ihrer Geburt nie gehabt hatte, als sei auf einmal ihre angeborene Kränklichkeit verschwunden, als sei sie irgendwie neu geboren.

Doch Miriam kehrte in erkennbar schlechterem Zustand zu ihrer eigenen Familie zurück. Inzwischen plagte sie ein unkontrollierbarer Husten. Die Tees mit Honig, die die Kinder ihr zubereiteten, konnten ihn nicht lindern, und das stundenlange Inhalieren des Dampfs aus dem kochenden Wasserkessel verschaffte nur vorübergehend Erleichterung.

Der Arzt beruhigte sie, dass Roses Krankheit nicht ansteckend gewesen sei. »Miriam, das ist die Anstrengung, nachdem Sie zwei Wochen zwei Familien betreut haben«, erklärte er und verordnete warme Bäder und Bettruhe. Wäre er nicht so unerfahren in der Diagnose der Symptome einer Lungenentzündung gewesen, dann hätte er gewusst, dass weder das Liegen in einem Ozean von Bädern noch das Trinken eines ganzen Sees von Tee Miriams Lunge hätten heilen können. »Das braucht Zeit«, wiederholte er. »Das geht vorüber.«

Jeden Morgen, bei Wind und Wetter, legte Grace die drei Meilen zurück, um Miriam einen übervollen Korb wunderbarer, noch warmer, selbstgebackener Brötchen und nahrhafte Brühe zu bringen.

Miriam konnte Grace weder ihre Schuldgefühle nehmen, noch sie davon überzeugen, dass sie nicht einen Augenblick der Zeit bereute, die sie bei Rose verbracht hatte.

Joseph dagegen bereute es bitter.

4

Drei Wochen später, im Juli

Nach einundzwanzig langen und anstrengenden Tagen und Nächten von Miriams Krankheit und Husten schloss Joseph die Tür zum Speicher auf. Er saß lange schweigend da und betete um die Magie des Dachbodens. »Gib, dass es Miriam wieder besser geht und dass mein Leben wieder verläuft wie früher.« Das Gebet sollte nicht pompös, nur klar sein.

Als er an diesem Abend einschlief, war er überzeugt, dass morgen alles anders sein würde.

❋

Es war Mittag, und Joseph schuftete draußen auf den Feldern, seine Kehle war ausgedörrt und sein Nacken brannte bereits und war leuchtend rot. Die Sonne blendete, deshalb konnte Joseph, als er in der Ferne etwas schimmern sah, seinen Augen nicht recht trauen. Hoffentlich ist es ein Krug mit kühlem Wasser, damit ich meinen Durst löschen kann, dachte er. Nach ein paar vorsichtigen Schritten in die Richtung erkannte er, dass es in Wahrheit ein Holzkistchen war – eine Schatulle, aber ganz anders als die, die er bisher gesehen hatte. Aufgrund seiner Vorliebe für die Schnitzerei erkannte Joseph sofort, wie perfekt diese Schatulle gearbeitet war.

Sie war sehr alt, aber bestens erhalten. Quer über ihrem Deckel befand sich ein rechteckiger Schlitz, durch den man, wie Joseph vermutete, Briefe oder vielleicht wichtige Papiere hineinwerfen konnte. Die gesamte Oberfläche war mit kunstvollen symbolischen Schnitzereien verziert, die Joseph wiedererkannte, aber nicht zuordnen konnte. Es konnte sich um eine zu religiösen Zwecken genutzte Schatulle handeln, aber Joseph war sich in diesem Punkt nicht ganz sicher.

Eines war ihm jedoch klar: Sie war zu schön, um von Menschenhand gearbeitet zu sein.

Das Material glänzte silbrig, mit der Patina vieler Hundert, vielleicht Tausend Jahre, in denen es immer wieder poliert wurde. Das Überraschendste war jedoch das winzige Schloss, das vor dem Hintergrund des satten, dunklen Holzes leuchtete, ein Schloss aus purem Gold.

Als Joseph näher trat und sich seine Augen an die helle Umgebung gewöhnt hatten, erkannte er deutlicher, dass Hände die Schatulle hielten –

Hände, so perlweiß, dass sie fast durchscheinend waren. Von Neugier gepackt, streckte Joseph die Hand aus, um die Schatulle zu berühren und sie vielleicht zu ergreifen und an sich zu nehmen. Doch kaum hatte er die Hand danach ausgestreckt, da erkannte er, wessen Hände diese mysteriöse Schatulle hielten: Es waren die Hände eines Engels! Dieser beugte sich zu ihm vor und flüsterte: »Joseph, Gott gibt es wirklich.«

Joseph versuchte zu verarbeiten, was er da sah und hörte.

»Ich bin gekommen, um dir etwas zu nehmen«, sagte der Engel und lächelte heiter, »und um dir im Gegenzug etwas weit Großartigeres zu schenken.«

Mit einem Schlag begriff Joseph, und die Erkenntnis verschlug ihm den Atem: Der Todesengel stand vor ihm und bot ihm diese Schatulle im Gegenzug für sein Leben an. »Hat es dir denn nicht gereicht, mir meinen Vater und meine Brüder zu nehmen? Hältst du mich für so dumm, dass ich mein Leben gegen irgendeine Schatulle eintausche?«, knurrte er. »*Warum nimmst du nicht jemand anderen?*«, stieß er aus, als wären seine Worte Gift, und als er sich dann auf den Engel des Todes stürzte, hatte er fest vor, tatsächlich das grässliche Leben aus ihm herauszupressen ...

Joseph erwachte in Panik und keuchte wie ein gehetztes Tier. Umgeben von der Schwärze der Nacht stand er zitternd am Fuß seines Bettes: War das ein fürchterlicher Traum gewesen? Er hatte sich so wirklich wie Regen angefühlt, aber es war doch ein Traum gewesen, oder etwa nicht? Joseph redete sich ein, dass es nicht wirklich sein konnte, aber weil er das Bild des Engels nicht abzuschütteln vermochte, stürzte er aus dem Schlafzimmer und ließ Miriam zurück. Barfuß und nur mit seinem Nachthemd bekleidet rannte er die Treppe hinunter und durch die Küche, wo er zwei Hocker und das aufgestapelte Feuerholz umstieß. Er stürzte aus der Tür und über die Veranda und machte sich, von seinem Fluch getrieben, daran, in Richtung Felder zu rennen.

»Du holst mich nicht ein!«, schrie er. Irgendwie hatte er das Gefühl, dass er, wenn er dieses Wettrennen gewann, noch einen Tag länger leben würde; verlor er es, dann würde der Sensenmann wieder einen Hutchinson dahinraffen.

»Nimm jemand anderen statt mich!«, brüllte er wie ein Irrer, während er über die Felder floh. »Ich will nicht sterben!«

Er rannte direkt durch das Bett des Baches, der sein Land von dem der Browns trennte, und der Schock des eisigen Wassers brachte ihn wieder zur Vernunft. Joseph blieb stehen. Erst jetzt wurde ihm klar, dass es mitten in der Nacht war und dass er barfuß und nur mit seinem Nachthemd bekleidet neben einem Bach stand.

Die Last der Angst, die jeder männliche Hutchinson mit sich herumtrug, drückte ihn nieder, bis er auf die Knie sank. Er konnte es mit dem Todesengel nicht aufnehmen. Wegen des Traums und der Kälte und der feuchten Erde am ganzen Leib zitternd, schrie er seine Wut zum Himmel hinauf: »Ich bin erst fünfundzwanzig – das ist nicht fair!«

Dann vergrub Joseph zum ersten Mal in seinem jungen Leben das Gesicht in seinen mit Erde verschmierten Händen und weinte bitterlich über den Verlust seiner beiden Brüder. Noch einmal erlebte er den schwärzesten Tag seines Lebens, jenen Tag, an dem er seine beiden Brüder verlor und der seine besondere Zeit mit Grace beendete ...

Es war an einem seiner geliebten Freitage gewesen, und Joseph zog eine Reihe von Gräben, die Graces Felder entwässern sollten, als ein unheimliches Fieber leise, wie eine schwarze Katze bei Nacht, durch das Haus der Hutchinsons kroch. Das Schlimme daran war, dass man nichts dagegen ausrichten konnte. Am ersten Tag fielen die Opfer in einen Halbschlaf, aus dem sie nie mehr erwachten; am zweiten kehrten sie in den Himmel heim. An jenem Freitag raffte es seinen älteren Bruder Luke und seinen jüngeren Bruder Paul dahin. Der Verlust zerriss ihm das Herz, als sei es aus Papier. Seine Mutter hatte ihm gesagt, dass er sich nicht beklagen solle – er solle dankbar sein für die, die ihm geblieben waren.

Aber jetzt beklagte er sich. Er vergoss einen ganzen Strom bitterer Tränen und schickte seine längst überfälligen Flüche zum ungerührten Nachthimmel hinauf.

Als der Morgen dämmerte und er das Zwitschern der Vögel hörte, beugte er sich über den Bach, spritzte sich ein paar Hände voll kaltes Wasser ins Gesicht und versuchte, sämtliche Spuren seiner Gefühle wegzuwaschen. Als Hutchinson hatte er allen Grund, den Todesengel zu fürchten, aber dennoch schämte er sich für seine Angst. »Du kannst deine verdammte Schatulle behalten.«

Dann stand er auf, er fühlte sich stärker, ja sogar größer, und steuerte zielstrebig auf sein Haus zu. Ganz plötzlich verspürte er ein ungeheures Verlangen nach Essen und nach seiner Frau und nach seinem Leben. Er war am Leben. Dieser Hutchinson hatte dem Schicksal noch einen weiteren Tag abgetrotzt.

5

Joseph stieß die Tür auf und ging davon aus, dass seine Frau am Herd stehen und ihm in Erwartung seiner Rückkehr das Frühstück zubereiten würde. Er war unglaublich stolz, ja geradezu triumphierend, weil er dem Tod noch einmal von der Schippe gesprungen war.

»Hast du nicht damit gerechnet, dass dein Mann hungrig nach Hause kommt?«, rief er durch das stille Haus.

Nach Sonnenaufgang musste immer so viel erledigt werden, und heute Morgen war noch nicht eine einzige Aufgabe angepackt worden. Er bemerkte die umgeworfenen Hocker und das noch immer auf dem Boden verstreute Feuerholz; der Tisch war nicht gedeckt, die Feuerstelle dunkel und kalt. »Miriam, wo bist du?«, fragte er ganz verwirrt.

Als Antwort hörte er seltsam gedämpfte Geräusche aus dem Schlafzimmer im oberen Stockwerk. Er folgte den Lauten die Treppe hinauf.

Als er an der Schwelle zu seinem Schlafzimmer ankam, gefror ihm das Blut in den Adern.

Miriam lag noch genauso in ihrem Bett wie vor Stunden, als er aus dem Zimmer gegangen war, aber Daniel zerrte an ihrem Arm. Als Joseph sie so leblos daliegen sah, wurde ihm klar, dass der Engel, der gekommen war, um ihn zu holen, gezwungen gewesen war, Miriam an seiner Stelle zu nehmen. *»Warum nimmst du nicht jemand anderen?«* Hätte er nur nicht darauf bestanden. Hätte er das Schicksal der Hutchinsons nur wie ein Mann getragen.

Hätte er nur, hätte er nur? Er schrie in sich hinein. Jedes Wort war wie ein Stück heiße Kohle, das er sich zu schlucken zwang, bis sein weiches Herz sich verhärtete und schwer und schwarz wurde wie die Granitsteine, die er zum Bau von Mauern verwendete. Trauer, Wut und Raserei schalteten jedes logische Denken aus.

Aber er wagte es nicht, dies seinen Kindern zu zeigen. Die Kinder. Erst jetzt hörte er ihr Weinen. Daniel flehte: »Wach auf, Mama. Wach auf!« Mary kauerte schluchzend auf dem Boden. Mit traurigen, tränenverschmierten Gesichtern schauten sie zu Joseph auf, darin die eine Frage, die sie sich nicht beantworten konnten: »Warum wacht Mama denn nicht auf?«

Joseph streckte den Arm aus und strich Miriam über die Haare, die Stirn und die Wangen. Dann drehte er sich zu seinen Kindern um und nahm sie auf die Arme. Er, der sich einst als guten Vater, guten Ehemann und guten Menschen betrachtet hatte, konnte sich nun nicht mehr als solchen bezeichnen.

»Mama ist in den Himmel gegangen«, sagte Joseph mit schwacher Stimme.

»Aber warum, Papa?«, fragte Mary.

»Weil Gott einsam war, mein Schatz.« Er wusste nicht, was er sonst hätte sagen sollen. Joseph drückte seine Kinder an sich, als könnte er sie durch das Festhalten vor Unheil bewahren. Sie schluchzten an seiner breiten Brust und durchnässten sein Nachthemd mit ihren vielen Tränen.

»Aber jetzt sind *wir* einsam, Papa«, gelang es Daniel trotz seiner Tränen zu sagen.

Mary kletterte auf das Bett ihrer Eltern und machte ihrem Vater und ihrem Bruder ein Zeichen, es ihr gleichzutun. Sie hielten Miriams Hände, und jeder flüsterte lange und verabschiedete sich von ihr, der Damm brach, und ihre Tränen, die kein Ende zu nehmen schienen, flossen in Strömen.

6

Als sie keine Tränen mehr übrig hatten, mussten sie etwas essen, deshalb würgten die Hutchinsons etwas trockenes Brot hinunter und spülten mit Milch nach.

An diesem düsteren Julimorgen zog Joseph seinen Kindern ihre Sonntagskleider und die Hüte an. Noch immer in seinem von ihrer Trauer feuchten Nachthemd, das er hastig in die Hose seines Overalls gesteckt hatte, verließ er das Haus. Der Wind blies vom Meer Richtung Osten. Ein schweres Sommergewitter braute sich über ihnen zusammen. Die Kälte soll mich für meine Angst bestrafen, dachte er, als sei er der erste Mensch auf der Welt, der im Angesicht des Todes Angst bekommen hatte.

Normalerweise hätte das Gezwitscher der Vögel sie erfreut, aber heute hörten sie es gar nicht, so sehr waren sie in ihrer Einsamkeit gefangen. Hand in Hand ging Joseph mit seinen Kindern zu Grace Browns Farm, drei Meilen weiter im Westen.

Joseph klopfte so kräftig an die Tür seiner Nachbarin, dass seine Kinder erschraken. Vorsichtig öffnete Grace – denn auch sie hatte das laute Klopfen verängstigt. Joe zu dieser ungewöhnlichen Uhrzeit am frühen Morgen mit seinen Kleinen zu sehen, war kein gutes Zeichen. »Nanu ... komm rein, Joe, mein Lieber«, sagte sie ein bisschen unsicher.

Er schickte jedoch nur die Kinder hinein. Sie gingen direkt zu Rose hinüber, und Mary fing trotz ihrer Trauer sogleich an, Rose zu bemuttern und ihr den Trost zu spenden, den sie eigentlich selbst gebraucht hätte.

Joseph hatte, seit er alt genug gewesen war, allein zu baden, nie jemanden um Hilfe gebeten, aber jetzt bat er Grace darum. Ohne diese Hilfe konnte er Miriam nicht helfen, und er war einzig ihretwegen hier.

Er unterdrückte jede Spur von Gemütsbewegung und sagte einfach: »Miriam ist in der Nacht gestorben.«

»Ach, Joe!«, schrie Grace auf.

Ein überraschendes Lachen von Rose, das aus dem Haus drang, unterstrich die Tatsache, dass Miriam tot und Rose quicklebendig war. An jedem anderen Tag hätte Roses Lachen ein Lächeln auf das Gesicht von Grace gezaubert. »Es tut mir so leid, Joe, du weißt ja gar nicht –«

Joseph wich vor Graces tröstend ausgestreckten Armen zurück. »Es gibt so viel zu tun«, fiel er ihr ins Wort, »und mit den Kindern um mich herum, kann ich nicht –«

»Pst, Joe«, besänftigte sie ihn. »Pst«, flüsterte sie.

Er ballte die Fäuste, um das Aufsteigen seiner Tränen zu verhindern, weil er sich von Graces sanften Worten nicht für einen Tod trösten lassen wollte, an dem er die Schuld trug.

»Du weißt, dass ich deine Miriam sehr gern gehabt habe. Sie war für meine Rose ein Segen. Selbstverständlich helfe ich dir mit deinen Kindern – und allem anderen, was du brauchst.«

Grace Brown wusste nur zu gut, wie viele Dinge zu erledigen waren, wenn man einen ausgekühlten Leichnam im Haus hatte. Sie hatte erst vor acht Jahren ihren Großvater, Elijah, zu Grabe getragen.

»Du weißt, dass du Miriams Mutter Bescheid geben musst.« Grace hatte mit ihr Kontakt gehalten, nachdem sie nach Norden gezogen war, um ihre kranke Schwester zu pflegen.

»Sag du es ihr«, bat Joseph.

»Ich tue, was du willst, Joe, das weißt du. Du musst es mir nur sagen.« Gleich heute Nachmittag würde Grace den Brief schreiben. Es gab kein schlimmeres Schicksal, als das eigene Kind zu überleben, und Miriam hatte Grace vor diesem Schicksal bewahrt.

Joseph dankte ihr für ihre Freundlichkeit, aber er ergriff nicht einmal ihre Hand, um sie zu schütteln, aus Angst, er könnte zusammenbrechen.

Hin und her gerissen zwischen seinen Bedürfnissen und dem, was getan werden musste, wandte er sich zum Gehen, ließ seine Kinder zurück und steuerte auf das Haus zu, das kein Zuhause mehr war.

7

Wieder auf seinem Hof angekommen, ging Joseph geradewegs in die Scheune. Er ging nicht ins Haus, zu Miriam. Er konnte sich ihr noch nicht stellen. Er konnte sich selbst noch nicht stellen.

Er riss die Flügeltüren auf und steuerte wie ein Besessener auf den großen Behälter zu, in dem die Farmwerkzeuge aufbewahrt wurden. Er kramte in dem ordentlichen Stapel, schlug die Feldmäuse in die Flucht und schreckte Eleanor auf. Heugabeln und Hacken, einige noch gut erhalten, andere rissig und durchgerostet, überzählige Zaunlatten und Gartengeräte flogen in alle Richtungen, bis er das fand, was er vor langer Zeit hier vergraben hatte.

Vergraben, aber nicht vergessen. Joseph hob den mit Staub bedeckten Rucksack in die Höhe, in den er seine Schnitzwerkzeuge gesteckt hatte.

Das Gewicht und der himmlische Geruch von Sägespänen ließen seine Augen aufleuchten.

Früher einmal hatte Joseph davon geträumt, Zimmermann zu werden.

Als er noch ein kleiner Junge war, hatte er die schönsten Nachmittage mit Großpapa Elijah beim Schnitzen von Tierfiguren aus den Resten von Vaters Holzhaufen verbracht. Elijah war natürlich nicht wirklich sein Großvater, denn kein Hutchinson lebte lange genug, um seine Enkel zu Gesicht zu bekommen. Großpapa Elijah war der Großvater von Grace, der, wann immer er einen Nachmittag Zeit hatte, an Joseph ausgeliehen wurde.

Großpapa Elijah hatte ihm beigebracht, still zu sein und zu lauschen, bis das Holz ihm zuflüsterte, was es denn gerne werden wollte. Manche Stücke baten ihn, etwas Wichtiges zu werden, wie beispielsweise ein Tisch, an dem man frühstücken konnte, oder ein Schaukelstuhl, in dem man sich am Ende eines langen Arbeitstages ausruhen konnte, manche wollten etwas Nützliches sein, gaben sich jedoch mit Geringerem zufrieden, beispielsweise damit, ein Suppenlöffel, eine Kiste fürs Anzündholz, ein Schneidebrett oder ein Schuhlöffel zu werden. Und für die außergewöhnlichsten und am seltsamsten geformten Holzstücke ersann er eine ganz besondere Zukunft – ein Herz für ein rothaariges Mädchen, an dessen Namen er sich nicht mehr erinnerte; ein Spiel aus Quadraten; Schnickschnack in Gestalt von Tieren, die er nur schnitzte, um das Auge zu erfreuen oder ein Lächeln auf die Lippen eines kleinen Kindes zu zaubern.

Für ihn war Holz kein totes Material, es lebte. Von dem Zeitpunkt an, als er sprechen konnte, bis er Miriam kennenlernte, gehörte dem Holz seine ganze Aufmerksamkeit. Aber immer wieder kam ihm das Leben in die Quere. Zuerst starb sein Vater ganz unerwartet, was Josephs Hilfe auf der Farm nötiger denn je machte. Er war zwar erst fünf Jahre alt, aber auch ein kleiner Junge konnte jede Menge kleiner Aufgaben übernehmen, und von diesen schien es endlos viele zu geben. Dann wurden seine Brüder von dem Fieber dahingerafft, so dass nur noch er und seine Mutter übrig blieben. Eine Woche vor ihrem Tod nahm seine Mutter ihm das Versprechen ab, die Farm im Familienbesitz zu behalten.

»Versprich es mir«, sagte sie, »ganz egal, was kommt, du gibst die Farm nicht auf.«

»Ich verspreche es, Mama. Ich verspreche es«, wiederholte er, bis sie ihm schließlich glaubte.

Aber der Preis für die Einhaltung seines Versprechens bestand darin, seinen Traum, Zimmermann zu werden, aufzugeben, und das fühlte sich wie ein weiterer Tod in der Familie an.

Joseph verdrängte die Erinnerung. Sein Traum war gestorben – was soll's? So war es ihm in seinem Leben mit allem und jedem ergangen. Er zog die Axt aus ihrem Lederfutteral und machte sich daran, mit all der Wut und Trauer und Schuld, die er seinen Kindern nicht zu zeigen gewagt hatte, die Scheunenwand einzureißen. Aber sein Toben diente einem Zweck. Wenn er seine Frau schon beerdigen musste, dann würde er es in vertrautem Holz tun, das Teil ihrer geliebten Farm war, nicht in irgendeinem Holz, das ihr nichts bedeutete. Joseph wusste, wie sehr Miriam diese Scheune gemocht hatte. Nach ihrer Hochzeit hatten sie sich mehr als einmal hier in der Scheune geliebt. Trotz ihrer Züchtigkeit in der Zeit, als er ihr den Hof machte, genoss die verheiratete Miriam die Unschicklichkeit. In der Scheune war es so ursprünglich, so maskulin, und das entfachte ihre Leidenschaft. Genau genommen war es in ihrer Hochzeitsnacht gewesen …

Miriam stieß die Scheunentür auf und balancierte ein Tablett, auf dem ein Krug mit dampfendem Tee stand. Sie hatte erwartet, dass sich Joseph beeilte, um mit den abendlichen Aufgaben fertig zu werden, aber stattdessen striegelte er Eleanor, seine geliebte Stute, als habe er alle Zeit der Welt. Sie konnte sich ein Lachen nicht verkneifen. »Hast du vor, deine Hochzeitsnacht mit Eleanor zu verbringen?«

»Um Himmels willen, Mrs. Hutchinson«, antwortete er so beiläufig, als würden seine Finger unter Eleanors rotbrauner Mähne nicht zittern.

»Ich jedenfalls nicht. Aber da ich jetzt meine Konkurrentin sehe, kann ich mit Sicherheit sagen, dass ich weit besser rieche als die alte Eleanor.«

Ihre Feststellung ließ Josephs Hände nur noch mehr zittern. »Da bin ich mir sicher, meine Liebe.

Aber in Zukunft darfst du Eleanor nicht mehr als alt bezeichnen«, zog er sie auf, »weil sie sehr empfindlich ist, was ihr Alter angeht.«

Eleanor war nicht das einzige Tier auf der Hutchinson Farm, aber sie war dasjenige, das am meisten geliebt wurde. Die Kuh und die wenigen Schweine und Hühner dienten einem Zweck, während Eleanor irgendwann aufgehört hatte, nur eine Stute zu sein, und zu einem Mitglied der Familie geworden war.

»Durch deine Beziehung zu Eleanor wird sie zu einer stärkeren Bedrohung unserer Ehe, als ich dachte«, stellte Miriam lachend fest. »Da wollen wir doch mal sehen, wer die bessere Frau ist«, fuhr sie fort, beugte sich zu ihm vor und berührte seine Lippen sanft mit ihren. Das war nicht ihr erster Kuss, aber es war der erste als verheiratetes Paar, und deshalb war er ganz anders als die früheren.

Josephs Hände zitterten, jetzt aber nicht mehr aus Nervosität.

Miriam wich ein Stück zurück und flüsterte: »Kann Eleanor das auch?«

Sobald ihre Leidenschaft erst einmal geweckt war, ließ sie sich nicht so lange aufschieben, wie es gedauert hätte, zum Farmhaus zurückzukehren und die Treppe zu ihrem Schlafzimmer hinaufzusteigen. In dem Moment kam es ihnen so vor, als sei das Schlafzimmer so weit entfernt wie die Sterne am Himmel, deshalb gaben sie ihrem Verlangen gleich hier in der Scheune nach. Und trotz der Unbequemlichkeit, des Geruchs, der Verlegenheit und der Kälte liebten sie sich die ganze Nacht hindurch.

Und jetzt war er im Begriff, sie, seine geliebte Miriam, zu beerdigen. Josephs Tränen flossen ohne Ende – er hackte blindlings auf die Holzwand ein, bis er die Axt nicht mehr heben konnte, bis seine Hände wund waren.

Er stapelte die Holzlatten in der Mitte des Stalls auf einen Haufen und setzte sich dann auf einen niedrigen Hocker, um dem Holz zu »lauschen«, wie Großpapa Elijah es immer ausgedrückt hatte. Es dauerte nicht lange, bis er ein Bild vor Augen hatte: Der Sarg sollte schlicht sein; auf dem Deckel würde er einen großen, schönen Kreis schnitzen, ein Symbol für Gottes ewige Liebe zu Miriam; und in den Kreis ein Kreuz, schlicht und rein in seiner Linienführung.

Das ergab für ihn sogleich Sinn, da er an jenem Tag, an dem er Miriam zum ersten Mal gesehen hatte, die halbe Nacht damit zugebracht hatte, einen Kreis mit einem perfekten Kreuz darin zu schnitzen, den Miriam an einem Band um ihren Hals tragen konnte. Am nächsten Tag war Joseph den ganzen Weg bis zum Laden gerannt, um ihn ihr zu schenken. Miriam trug ihn noch immer.

Es dauerte fast den ganzen Tag, den Sarg zu bauen, größtenteils deshalb, weil Josephs Tränen, die ständig das Holz benetzten, die akkurate Schnitzarbeit erschwerten.

Als Joseph damit fertig war, trug er den Kiefernsarg ins vordere Zimmer und stellte ihn auf zwei Hocker. Der Sarg war aus verwittertem rotem Holz, von der Zeit gezeichnet und von Insekten und den Jahreszeiten von schwarzen und braunen Streifen durchzogen. Er war wohnlich, und Miriam würde sich darin zu Hause fühlen.

Joseph wusste, welch schreckliche Aufgabe ihn als nächstes erwartete. Er stieg die Treppe zu seinem Schlafzimmer hinauf, um sich seiner Miriam zu stellen. Er trat näher an ihren leblosen Körper heran und sagte zutiefst beschämt: »Nur meinetwegen …« Sie beide wussten, wie der Satz endete; Miriam hatte für seinen Verrat teuer bezahlen müssen.

Joseph nahm ihren leblosen Körper auf die Arme. Er stieg die Treppe hinunter, ging ins vordere Zimmer und legte seine Frau behutsam und vorsichtig in ihre letzte Ruhestätte. »Es tut mir so leid, Miriam …«

Joseph schaute nach, ob ihr Körper auch bequem in der engen Kiste lag, aber er hielt sich nicht lange damit auf. Er wandte sich um, ging zur Veranda, ergriff die Schaufel und steuerte auf die Ulme zu. Der am Tag von Daniels Geburt gepflanzte Baum würde jetzt Miriam, da sie diese Welt verlassen hatte, Schutz bieten.

Bis die Sonne unterging, war Joseph mit dem Graben fertig. Er wäre am liebsten in das frische Grab gesprungen, hätte er nicht in der Ferne die Stimmen seiner Nachbarn gehört, die auf dem Weg zu seinem Haus waren.

8

In dieser Nacht

Die Nacht, in der er Miriam beerdigte, war die längste Nacht seines Lebens.

Er saß schweigend wie ein Stein auf der gepolsterten Bank, umgeben von wohlmeinenden Freunden, die ihn drängten, doch etwas zu essen. Ein Teller, den man vor Stunden vor ihn gestellt hatte, war noch immer unberührt. Die Gesichter von Nachbarn zogen verschwommen an ihm vorbei: Frauen, die anboten, sich um seine Kinder zu kümmern, und Männer, die ihm auf den Feldern helfen wollten, und jeder von ihnen hatte eine Geschichte über Miriams Großherzigkeit zu erzählen. Er konnte keinem von ihnen in die Augen blicken. »Das ist die Trauer«, flüsterten sie, aber das stimmte nicht. Es war seine Scham.

Ein paar Stunden vor Sonnenaufgang gingen seine Freunde und Nachbarn nach Hause und ließen Essen und Mitgefühl für zwei Wochen zurück.

Grace blieb am längsten. Sie spülte die Teller, tat die Essensreste für die Tiere zur Seite, fegte den Boden und hörte erst auf, als ihr nichts mehr einfiel, was noch getan werden musste. Erst dann gesellte sie sich zu Joseph auf die Bank.

Sie saß schweigend neben ihm, bis die ersten Sonnenstrahlen das vordere Zimmer erhellten. Sie hatte ihn nicht im Dunkeln allein lassen wollen.

»Grace«, seufzte er und starrte durch das Fenster auf die Ulme hinaus. Es war ein Hilferuf, aber Joseph hätte das niemals zugegeben.

»Joe, du hast getan, was du tun konntest.«

Joseph wusste es besser.

»Niemand hätte das verhindern können.«

»Ich sollte in der Kiste liegen, nicht Miriam.«

»Joe, lass mich Daniel und Mary für die nächsten Wochen zu mir nehmen.«

»Nein«, fuhr er sie an. »Ich lasse sie nicht im Stich, so wie ich meine Frau im Stich gelassen habe.«

»Hör auf, Joe. Du hast Miriam geliebt. Du liebst sie noch immer.«

»Grace, du verstehst nicht. Es ist meine Schuld, dass sie gestorben ist.«

»Es ist die Trauer, dass du so daherredest, Joe, und ich höre mir das nicht an. Du solltest das sein lassen. Es tut dir nicht gut.« Grace stand auf und wollte gehen. Er drehte sich nicht zu ihr um.

»Mein lieber Joe, manchmal muss man zulassen, dass Dinge kaputtgehen«, sagte sie und beugte sich vor, um ihm einen unschuldigen Kuss auf die sorgenvoll gerunzelte Stirn zu drücken, »damit sie sich wieder zusammenfügen.«

Er wandte den Blick nicht von der Ulme.

Sie stieg die Treppe zum Schlafzimmer der Kinder hinauf, wo Rose tief und fest zwischen Daniel und Mary schlief. Als Grace eintrat, erwachten sie. Grace umarmte alle drei gleich liebevoll, als wären sie alle ihre Kinder. Sie nahm die gähnende Rose auf den Arm und beugte sich zu Joes Kindern hinab, um jedem einen vorläufigen Abschiedskuss zu geben. »Es wird alles gut«, sagte sie. »Ihr werdet sehen.«

Sie mussten sich wohl verhört haben, und Mary wies sie darauf hin, deshalb wiederholte Grace: »Glaubt mir, meine Lieben. Alles wird gut.«

Grace wusste, dass sie es noch nicht glauben konnten, aber das würden sie, sobald Joe es tat. Und für ihn würde sie beten.

9

Als Grace nach Sonnenaufgang schließlich ging, stieg Joseph sogleich die Treppen zum Dachboden hinauf. Früher hatte er die Macht des Speichers durch Gebete beschworen, und seine Gebete waren erhört worden: Er hatte um Liebe gebetet und Miriam gefunden, hatte um die perfekten Holzstücke zum Schnitzen gebetet und genau die richtigen entdeckt. Aber was nutzten all die erhörten unbedeutenden Gebete angesichts des einen, nicht erhörten Gebets, das das wichtigste von allen gewesen war? Nur ein Dummkopf hätte sein bedingungsloses Vertrauen in diesen Raum gesetzt und geglaubt, er besitze besondere Kräfte. Mit jeder Stufe wuchs sein Zorn über den Verrat des Dachbodens an ihm, so dass seine Wut, als er die Tür aufschloss und den winzigen Raum betrat, voll entbrannt war.

Er schloss die Tür hinter sich, und obwohl in dem Raum Dunkelheit herrschte, konnte Joseph die Dinge jetzt klarer erkennen. Er sah den Dachboden so, wie er war: Alles war von Spinnweben bedeckt; ein zugiges Fenster mit Kreuzsprosse, das stets geschlossen war und die Luft einschloss, weshalb sie nasskalt und abgestanden war; durch die Feuchtigkeit verblasste Farbe, die von den Wänden und der Decke abblätterte.

Warum hatte er das zuvor nicht bemerkt? Dieser Raum war nichts anderes als ein vernachlässigtes Durcheinander aus Müll, den niemand mehr brauchte. Überall hoch aufgestapelte Sachen, kaputt, nutzlos, über die Jahre weitergegeben, anstatt weggeworfen zu werden. Sein Bruder Luke hatte ihm das gesagt, aber er hatte ihm nicht zugehört.

»Dieser Raum besitzt keinen Zauber«, sagte er verächtlich. »Nur Lügen.«

Ein Ansturm hässlicher Gefühle stieg in ihm auf. Wie hatte er nur so blind sein können? Zum Glück waren sein Vater und seine Brüder nicht da und wurden Zeugen seines erbärmlichen Versagens als Mann. Teuflische Gedanken gingen ihm immer wieder durch den Kopf, quälten ihn, beschuldigten ihn, hämmerten auf ihn ein, bis er auf dem schmutzigen, abgetretenen Teppich in der Mitte des Raumes zusammenbrach. Die Jahre von Enttäuschung und Tod, Verrat und harter Knochenarbeit lösten in ihm eine unkontrollierbare Wut auf den Dachboden, auf sein Schicksal, auf sich selbst aus.

»Was bin ich bloß für ein Idiot!« Er konnte diesen Raum nicht verlassen, und er konnte nicht hier bleiben. Sein Atem ging stoßweise wie bei einem Mann, der in einem Meer der Selbstverachtung ertrinkt. Ohne nachzudenken, packte er die nächstbeste Holzkiste und hob sie über den Kopf. Mit einem Knurren, das eher an ein Tier als einen Menschen erinnerte, schleuderte er die Kiste aus dem Speicherfenster. Der Lärm der zersplitternden Glasscheibe erfüllte ihn mit Zufriedenheit.

»Zum Teufel mit dir!«, schrie er aus dem Fenster und schaute zu, wie sie auf die Erde krachte. Joseph fing an, ein wenig freier zu atmen.

Er drehte sich wieder dem Raum zu und hob laut schnaubend einen kleinen, kaputten Beistelltisch an und warf auch diesen durch das zerbrochene Fenster. »Wozu seid ihr zu gebrauchen, wenn ihr nicht einmal meine Frau retten könnt?«

Dutzende Kisten mit Kinderkleidern, aus denen die Kleinen herausgewachsen waren oder die sie nie getragen hatten, unbenutzte Quilts, Stoffreste zum Flicken, kaputte Öllampen, Kerzenstummel und so weiter und so weiter, Stück für Stück schleuderte er den Inhalt des Speichers aus dem Fenster. »Lügen, alles Lügen!«

Als er den Stuhl über seinen Kopf hob, fiel die Familienbibel der Hutchinsons ihm zu Füßen klatschend auf den Boden, und er fuhr erschreckt zusammen. Reglos stand er da und starrte auf die aufgeschlagene Seite – den Stammbaum der Familie. Inzwischen war der Speicher leer, alles aus dem Fenster geworfen bis auf die leinengebundene Hutchinson-Bibel zu seinen Füßen und den Stuhl, den er über seinen Kopf hielt.

Langsam stellte er den Stuhl wieder auf den Boden und setzte sich darauf. Er hob die Bibel auf und legte sie sich auf den Schoß. »Ich werde Miriams Tod darin vermerken müssen«, war sein erster klarer Gedanke. Und da kamen ihm die Tränen. Zuerst eine oder zwei, dann ein ganzer Strom von Tränen: Eine nach der anderen tropfte auf die Seite und verwischte die Namen der Vorfahren der Hutchinsons. Er konnte sie nicht am Fallen hindern. Er konnte das Buch nicht zuschlagen. Er konnte keinen Muskel bewegen. Eine Viertelstunde verging, dann war er benommen und so leer wie der Dachboden.

Mit einem eiskalten Lächeln auf den Lippen stand Joseph mit einem glühenden Anmachholz zwischen den Fingern da und starrte auf den Haufen. Das alles waren Erinnerungen an die Enttäuschungen seines Lebens: an Brüder, die ohne ein Abschiedswort gestorben waren, an den Vater, der ihn und seine Mutter verlassen hatte, die ihn zwang, seine Liebe zum Holz aufzugeben und die Farm zu bewirtschaften; und an eine Frau, die sich in der Nacht einfach davongestohlen und ihn mit zwei kleinen Kindern allein gelassen hatte. Als das glühende Anmachholz auf dem Haufen der Hutchinson-Abfälle landete, ging er sogleich in hell lodernde Flammen auf.

Als sich die Kinder, die sich in der Küche Trost suchend aneinandergeklammert hatten, schließlich ins Freie wagten, jagte ihnen der Anblick ihres Vaters Angst ein. Sie blieben stehen und schauten aus sicherer Distanz zu.

Eine Stunde später, als die letzten Flammen erloschen und nur noch Glut übrig war, rief Joseph zynisch aus: »Das ist das Ende.« Die Geschichte seines Lebens war vorüber.

Teil 2

10

29. Oktober 1891

Joseph würde nie mehr den Fuß in den Speicher setzen – und auch kein anderes Mitglied der Familie. »Dort oben auf dem Dachboden gibt es nichts als Lügen.« Sein Tonfall machte klar, dass dieses Thema für ihn damit erledigt war.

In den Monaten nach Miriams Tod lebte Joseph eher wie ein mechanischer Spielzeugsoldat als wie ein Mensch. Er redete mit den Kindern nur das Allernötigste: Was es zu essen geben sollte, wann es Schlafenszeit war und welche Aufgaben sie zu erledigen hatten.

Was wirklich wichtig war, blieb unausgesprochen – die Liebe, die Daniel und Mary für ihren Vater empfanden, und die Liebe, die sie alle Miriam entgegenbrachten, wie sehr die Kinder sie vermissten und wie dringend sie seine Liebe gerade jetzt brauchten. Doch die Kinder beschlossen, nicht von ihren Bedürfnissen zu sprechen, aus Angst, ihn aufzuregen.

»Wir müssen jetzt ihm zuliebe stark sein«, erklärte Daniel seiner Schwester.

In der Vergangenheit hatten sie mit all ihren Sorgen in dem Wissen zu ihrem Vater kommen können, dass er ihnen seine ganze Aufmerksamkeit widmen würde, sei es nun, dass sie ihm eine dumme Geschichte erzählen wollten oder von einem Streit zwischen ihnen zu berichten hatten. Es gab keine Last, die zu tragen er ihnen nicht geholfen hätte. Nun mussten sie ihm mit seiner Last helfen. Der Körper ihres Papas befand sich zwar im Haus, aber es fehlte ein wirklich wichtiger Teil von ihm, und jeden Abend zermarterten sie sich darüber den Kopf.

Daniel erklärte es Mary folgendermaßen: »Papa hat einen Teil seines Herzens zu Mama in die Kiste getan, um ihr Gesellschaft zu leisten.«

»Aber was hat das damit zu tun, dass er sich so komisch verhält?«

»Das liegt daran, dass ein Stück von ihm nicht mehr da ist.«

»Wie können wir es wieder zurückholen?«

Langsam schüttelte Daniel den Kopf.

Und so stimmte er sofort zu, als Mary ihm ihren Plan darlegte: »Was ist, wenn wir uns noch mehr anstrengen, ihn lieb zu haben?«

Sie versuchten es damit, ihm auf den Schoß zu klettern, um ihn gleichzeitig zu umarmen; sie versuchten es damit, ihm Gedichte vorzulesen, die sie selbst für ihn verfasst hatten; sie sprachen ihre Gefühle für ihn offen aus und sagten: »Ich hab dich lieb, Papa.« Aber das alles führte nur dazu, dass ihm das Herz kurz stockte. Dann lächelte Joseph geistesabwesend und drehte sich um. Ihre Liebe konnte ihn nicht rühren.

»Papas Gefühle sind von zu Hause ausgerissen«, stellte Mary fest. Daniel hätte es nicht besser erklären können.

Da ihr erster Plan gescheitert war, beschlossen sie, einen neuen zu schmieden – sie würden Papa in Ruhe lassen. Sie wollten, dass er glücklich war, und sie dachten, wenn sie brav – sehr brav – wären, würde das ihn wieder glücklich machen. Aber sie waren so brav, dass Josephs Kinder sich quasi über Nacht in Erwachsene verwandelten, die wie Vater und Mutter zu ihm waren und ihm ihre glückliche Kindheit opferten. So vergingen Monate, und trotzdem konnten sie an ihrem Vater keine Veränderung feststellen.

Abends unter ihren Decken dachten Daniel und Mary so angestrengt nach, wie sie nur konnten. Sie weigerten sich, sich entmutigen zu lassen. »Vielleicht«, überlegte Mary, »vielleicht nützt es was, wenn uns etwas einfällt, was Papa früher immer gern gemacht hat.«

»Genau, das ist es!«, rief Daniel aus und beugte sich über das Bett, um seiner kleinen Schwester für diesen Einfall einen Kuss zu geben. »Genau, so bekommen wir den fehlenden Teil von Papas Herz zurück. Also, was hat Papa gern gehabt?«

»Er hat Mama geliebt – und uns.«

Das war es nicht. »Denk weiter nach«, forderte er sie auf.

»Ich erinnere mich«, fiel Mary ein, »dass er immer gern Maisfladen für uns gemacht hat, wenn morgens Schnee fiel, und er hat Mama, als sie gehustet hat, immer gesagt, dass sie ausschlafen soll.«

»Das ist gut. Und wie war das, als Papa mit uns ein Wettrennen um die Scheune gemacht hat? Erinnerst du dich, wie er gelacht hat, bis ihm der Bauch wehtat?«

Wenn Papa gelacht oder gelächelt oder auch nur einen Funken Freude in den Augen gehabt hatte, reichte das aus, dass sie die Erinnerung in Erwägung zogen. Sie überlegten und überlegten, bis sie unweigerlich darauf stießen.

»Erinnerst du dich«, fragte Daniel, »wie Papa immer in den Speicher hinaufgegangen und fröhlicher wieder heruntergekommen ist?«

Mary sagte, dass sie sich irgendwie daran erinnere, was natürlich bedeutete, dass sie es nicht tat.

Glücklicherweise erinnerte sich keiner von beiden mehr an jenen schrecklichen Tag, an dem Papa alles aus dem Fenster geworfen und verbrannt hatte.

»Mama hat gesagt, dass es sein Lieblingsplatz ist«, erzählte Daniel. »Vielleicht hat er ihn deshalb abgeschlossen, weil er ihn nur für sich haben wollte.«

»Warum hat uns Papa dann erzählt, dass es auf dem Dachboden nur Lügen gibt?«

Darüber mussten beide ein Weilchen nachdenken.

»Vielleicht hat Papa das gesagt, weil er das fehlende Stück von seinem Herzen auf dem *Dachboden* versteckt hat.«

Wenn das stimmte, überlegte Daniel, dann hatte Papa sein Herz ja doch nicht zu Mama in den Sarg getan. »Das heißt, dass das Stück von seinem Herzen nicht für immer verloren ist …«

»Und das heißt«, fügte sie verschwörerisch hinzu, »dass wir es zurückholen können.«

Das war die erste gute Nachricht seit Monaten und zauberte ein Lächeln auf ihre Gesichter. Es blieb nichts weiter zu tun, als Papa zu bewegen, auf den Dachboden hinaufzugehen.

Doch sie mussten mit der Umsetzung ihres Plans warten, weil am nächsten Morgen etwas ganz Schreckliches geschah.

11

Am nächsten Morgen

Um halb acht am Morgen klopfte ein Fremder an ihre Küchentür. Er stellte sich Joseph als Charlie Mulch, Direktor der Bank, vor – genau jener Bank, die der Hutchinson-Farm die Kredite gewährt hatte. Er trug einen dicken schwarzen Wollmantel. Die Luft, die der Fremde mit hereinbrachte, war eiskalt, der Himmel hinter ihm bewölkt und unheilvoll – die Vorzeichen eines sich zusammenbrauenden Unwetters.

Joseph schickte seine Kinder aus der Küche. Sie gingen ins vordere Zimmer, wo sie alles mithören und hin und wieder einen verstohlenen Blick in die Küche riskieren konnten.

Joseph setzte sich ans andere Ende des Küchentischs, Mr. Mulch gegenüber. Er bot ihm kein warmes Getränk an, wie Miriam es getan hätte.

Gut zehn Minuten lang erklärte Mr. Mulch,

welche Position die Bank in dieser Sache einnahm. Joseph war sprachlos. Er stieß sich vom Tisch zurück, ging dann durch den Raum und sagte, er sei verwirrt und verstehe das nicht. Er wurde laut und schrie: »Ich kann nicht glauben, dass Sie das vorhaben.«

»Beruhigen Sie sich«, sagte ihm der Bankdirektor. »Nehmen Sie wieder Platz.«

»Aber wie ist das möglich?«, schrie Joseph.

»Sie nehmen es persönlich, Mr. Hutchinson«, erklärte der Direktor nervös, als versuche er, an einem Text festzuhalten, den er bei vielen anderen Leuten einstudiert hatte.

»Aber das ist persönlich, Mulch«, schrie Joseph und schlug mit der Faust auf den Tisch, das Gesicht gerötet und schwitzend. »Persönlicher geht es ja gar nicht!«

»Aber, aber«, wiederholte der Direktor und zwang sich zu einem Lächeln. »So beruhigen Sie sich doch.«

Joseph konnte nicht mehr an sich halten. »Sie werfen mich und meine Familie aus unserer Farm! Ich beruhige mich erst wieder, wenn Sie mein Haus verlassen haben!«

»Mr. Hutchinson, ich habe Ihnen doch gesagt, dass es hier nur ums Geschäft geht –«

Mit zusammengebissenen Zähnen fauchte Joseph: »Ich möchte, dass Sie augenblicklich mein Haus verlassen.«

Daniel und Mary schnappten nach Luft.

»Verstehen Sie denn nicht, dass es Sache der Bank ist, Geschäfte zu machen?«

»Einen Mann, der bereits am Boden liegt, mit Füßen zu treten – das nennen Sie Geschäft? Meine Familie hat Ihnen ganz regelmäßig gezahlt, was Ihnen zusteht.«

Noch während Joseph das aussprach, wusste er, dass das eine Lüge war. Er war der Bank nach der Geburt der Kinder mehrere Raten schuldig geblieben; eine Tatsache, die ihn so beschämte, dass er sie sogar vor sich selbst geheim hielt. Erst jetzt wurde Joseph die ganze Wahrheit seiner Situation bewusst. »Um Himmels willen, Mann, meine Frau ist gerade erst gestorben«, zischte Joseph.

Charlie Mulch hielt die angespannte Stimmung nicht mehr aus. »Mir tut es um Ihren Verlust ehrlich leid«, sagte er, wandte sich von Joseph ab und ging zur Eingangstür.

»Aber eine Abmachung ist eine Abmachung. *Sie* waren derjenige, der sich nicht daran gehalten hat, Mr. Hutchinson«, sprudelte es in so anklagendem Tonfall aus Mulchs Mund hervor, dass man hätte glauben können, Joseph habe gerade die Bank ausgeraubt.

So viel verstanden die Kinder jedenfalls – Papa hatte etwas Schlimmes getan.

»Warten Sie, Mr. Mulch«, rief Joseph unvermittelt aus. »Wenn ich Ihnen jetzt ein wenig Geld geben könnte –«, er stolperte auf das Sideboard zu, wo sie ihr Geld aufbewahrten, »und verspreche, dass noch mehr kommt …« Aber er verstummte, als er die Schublade aufzog. Das wenige Geld, das sie gehabt hatten, steckte jetzt in der Tasche des Arztes, der Miriams Leben nicht hatte retten können. »Vergessen Sie's«, murmelte Joseph, als er die leere Schublade zuschob.

Wenn man genau hinsah, konnte man es beobachten – wie wenn man mit einer Nadel in die Haut sticht und das Blut langsam heraustropft –, nämlich dass das, was von Josephs Lebenswillen noch übrig war, entwich, bis er nicht einmal mehr die Kraft hatte, sich auf den Beinen zu halten. Er setzte sich hin, als würde er womöglich nie mehr aufstehen.

Mulchs Botschaft war klar: Joseph musste bis Ende November, in nicht mal einem Monat, die Farm verlassen, die seit Generationen im Besitz der Familie gewesen war.

Das Gespräch war zu Ende. Mr. Mulch wandte sich zum Gehen, jedoch nicht ohne Daniel und Mary zu erblicken, wie sie um die Ecke zu ihm hinüber spähten. Er wünschte, er hätte nicht gesehen, wie sie ihn mit ihren großen, verängstigten Augen anstarrten; es hätte ihm seine Aufgabe leichter gemacht. Grußlos ging er durch die Tür, allerdings hatte er kein ruhiges Gewissen mehr.

Die Kinder schauten einander an, ihre Gesichter waren vor Angst leichenblass. In diesem Moment kam es gar nicht in Frage, Papa aufzufordern, auf den Dachboden hinaufzugehen.

12

Zwei Tage später

Während die Kinder eifrig ihre wenigen Kleider aus dem Schrank zusammenpackten, ging Joseph schließlich doch auf den Dachboden hinauf, um die Familienbibel der Hutchinsons zu holen.

Er stieg die drei Treppen hinauf; was konnte er anderes tun, als einen Fuß vor den anderen zu setzen und das zu retten, was von seiner Familie noch übrig war? Er schloss die Speichertür auf, stieß sie auf und betrat den kalten, leeren Raum. Das Fenster, das er in seiner Wut zerbrochen und dann hastig zugenagelt hatte, ließ weder das Licht noch die Wärme der Sonne durch. Er ging die paar Schritte bis zu dem einsamen Stuhl und ließ sich, erschöpft von der Last der Trauer und des Bedauerns, darauf sinken. *Wozu ist ein Vater nutze, wenn er seinen Kindern weder Essen noch ein Dach über dem*

Kopf bieten kann? Der Gedanke war wie eine Faust, die auf ihn einhämmerte.

»Du bist ein Dummkopf«, sagte er laut, »dass du deinen ganzen Glauben in diesen Raum gesetzt hast.« Er hatte seine Lektion auf die harte Tour gelernt.

Eine Weile saß er da, und bald ging sein Atem ruhiger, und es quälten ihn auch keine bitteren Gedanken mehr. Seine Augen hatten sich an das schwache Licht an diesem Ort angepasst, den er einst als heilig angesehen hatte, und jetzt schaute er sich ein letztes Mal um. Nun, da nichts mehr den Blick verstellte, konnte er den Speicher endlich so sehen, wie er war: breite Bodenbretter, die dringend geschrubbt werden mussten, kahle Wände und das Fenster, das er notdürftig mit den Resten der Bretter der Scheunenwand zugenagelt hatte. Joseph konnte sich ein Lächeln nicht verkneifen – das war seine allerschlechteste Zimmererarbeit!

Als er in Richtung Fenster starrte, kam ihm etwas sehr seltsam vor. Warum war die Wand unter dem Fenster die einzig fertig bemalte? Neugierig stand er auf und schlich wie eine Katze langsam auf die Wand zu. Er kniete sich nieder und fuhr mit der Hand über die Holzoberfläche. Bei genauerer Prüfung spürte er ein loses Brett unter seiner Handfläche, und aufgeregt löste er es heraus. Was Joseph dahinter sah, verblüffte ihn.

13

Die zwei winzigen Hände, die ihn am Ärmel zupften, überraschten ihn völlig.

»Was siehst du denn da, Papa?«

Joseph drehte sich zu ihnen um und schaute seine beiden wunderbaren Kinder an. Du meine Güte, er hatte sie seit Monaten nicht mehr richtig angesehen.

Daniel und Mary standen reglos da. Ach, es fühlte sich so gut an, von ihm angeschaut zu werden.

Daniel hätte ewig da stehen bleiben können; doch Mary, die erst sechs Jahre alt war, besaß nicht so viel Geduld. Sie musste einfach fragen: »Papa, hast du hinter dieser Wand das fehlende Stück von deinem Herzen gefunden?«

Von der Liebe für seine Kinder überwältigt, konnte er sie nur an sich drücken.

Mary musste es unbedingt wissen. »Hast du es gefunden, Papa?«

»Ich weiß nicht, was hinter der Wand steckt, Mary, aber ich brauche eure Hilfe, um es herauszufinden. Also wartet hier, ich hole eine Lampe, damit wir sehen, was wir da machen.« Dann rannte Joseph die Treppen hinunter.

Als er zurückkam, wies er sie an, an die Arbeit zu gehen. »Ihr beide fangt an, das Holz herauszureißen, und ich helfe euch dabei.«

Und so machten sie sich gemeinsam als Familie ans Werk. Sie wurden von ihrer Farm vertrieben, wussten nicht, wo sie hin sollten und was als Nächstes zu tun war, aber in diesem Augenblick waren sie so glücklich wie früher. Joseph zeigte ihnen, wie sie die Holzbretter am besten herauslösten. Die Kinder machten es Joseph nach und traten mit den Füßen gegen die Bretter, die sie nicht mit den Händen herausbrechen konnten. Als Beweis dafür, wie schwer sie arbeiteten, klebten ihnen bald die Hemden am Rücken und die Haare auf der Stirn, sie ächzten und stöhnten und ertrugen klaglos den Schmerz der vielen, vielen Splitter. Es war kalt hier oben, und so weit Joseph wusste, war hier nie richtig gefegt und sauber gemacht worden, was Daniels Niesattacken und Marys unentwegt laufende Nase erklärte. Doch keiner hielt inne, keiner beklagte sich oder gab auf, bevor die ganze Wandverkleidung entfernt war.

»Was ist das?«, fragte Daniel mit weit aufgerissenen Augen.

Joseph konnte es nicht sagen, bis er es aus dem Versteck herausgezogen und auf den Boden gestellt hatte.

»Das ist irgendeine Art von Schatulle«, sagte Joseph. Aber sie war ganz anders als alle, die er bis jetzt gesehen hatte ... oder etwa nicht?

Joseph schätzte, dass sie etwa achtzehn Zentimeter breit, dreizehn hoch und vielleicht achtzehn Zentimeter tief war. Sie wirkte so klapprig, dass vielleicht ein starker Windstoß ausgereicht hätte, um das kleine Ding auseinanderbrechen zu lassen. Die papierdünnen, schmutzverkrusteten Holzteile waren mit vier angelaufenen Messingscharnieren versehen, die eher stilvoll als stark wirkten. Und als Joseph vorsichtig an dem kleinen Schloss ruckelte, brach es durch die Berührung seiner Fingerspitzen auseinander. Im Deckel dessen, was einst vielleicht eine Mahagonischatulle gewesen war, befand sich ein Schlitz, durch den man etwas hineinwerfen konnte.

»Vielleicht ist es ein Tresor«, überlegte Mary und knabberte aufgeregt und gespannt an den Fingernägeln.

Vielleicht, dachten alle. Das war doch durchaus denkbar. Aber nichts hätte weiter von der Wahrheit entfernt sein können.

Mary bemühte sich wirklich, sich am Riemen zu reißen, aber es gelang ihr nicht – sie griff nach dem Deckel der Schatulle und schob sie ungeschickt auf. Als der Deckel auf die Scharniere zurückfiel, brach die ganze Schatulle auseinander. In der ehemaligen Schatulle lag ein sehr, sehr altes wasserfleckiges zehn mal fünfzehn Zentimeter großes braunes Notizbuch auf einem Stapel uralter Papierstreifen.

Entgeistert starrten sie auf das Notizbuch.

Daniel und Mary wussten, dass dieses Abenteuer besser war als jede der Geschichten, die sie einander abends im Bett erzählt hatten, weil dieses hier echt war.

Joseph schlug vor, dass sie unten weitermachen sollten. Er gab Daniel die Überreste der Schatulle. Mary vertraute er das Notizbuch an, sagte ihr aber, dass sie es nicht aufschlagen dürfe, bis er bei ihnen sei. Er sammelte den Stapel ordentlich gefalteter Papierstreifen auf – aber die wenigen Wörter, die auf jedem dieser Streifen geschriebenen standen, waren so verblasst, dass nur ein paar vereinzelte Buchstaben lesbar waren.

14

Daniel stellte die Reste der Schatulle ganz vorsichtig auf dem Küchentisch ab. Mary legte das alte Notizbuch daneben. Josephs letzte Anweisungen waren klar gewesen – sie mussten auf ihn warten.

Aber so sehr sie seinen Wünschen auch folgen wollten, sie konnten das Notizbuch einfach nicht so da liegen lassen. Es hatte sie so sehr in seinen Bann gezogen, dass sie, als Papa jedem von ihnen eine Tasse Milch einschenkte, an sich halten mussten, um nicht nach dem Notizbuch zu greifen, während er ihnen den Rücken zuwandte. Wer wollte sagen, ob die Kinder einfach nur ein wenig Zauber in ihrem Leben brauchten, oder ob diese Schatulle und das Notizbuch tatsächlich magische Kräfte besaßen?

»Papa, du warst derjenige, der das Buch in der

Kiste gefunden hat«, verkündete Daniel, der die Sache endlich angehen wollte, »deshalb bist du derjenige, der sich hinsetzen und es lesen sollte.«

Mary hatte es sich in den Kopf gesetzt, in diesem besonderen Buch zu lesen, bis ihr einfiel, dass sie noch gar nicht richtig lesen konnte.

Die Kinder blickten Joseph erwartungsvoll an. Joseph nahm das altmodische Notizbuch und legte es sich auf die Handfläche. Es wog kaum mehr als eine Handvoll Federn. Er klappte das Deckblatt auf und begann die erste Seite zu lesen.

Bring deine Gebete
zur Gebetsschatulle, mein Sohn,
und alles, worum du bittest,
wird dir eines nach dem anderen erfüllt werden.

»Das Kästchen ist eine Gebetsschatulle, Papa!«, rief Mary aus, »ein Kästchen der Gebete.«

»Nicht ganz, mein Schatz«, antwortete er. »Es scheint eine Schatulle *für* Gebete zu sein.« Das erklärte den Schlitz oben im Deckel der Kiste und die mysteriösen Papierstreifen darin. »Es heißt, dass die Gebete, wenn man sie da hineintut, erfüllt werden –«

»Alle?«, unterbrach ihn Mary.

»*Und alles, worum du bittest, wird dir eines nach dem anderen erfüllt werden*«, las Joseph noch einmal und war erleichtert, dass das Notizbuch offenbar nichts anderes als ein Märchenbuch war.

Daniel war offenkundig vom Gegenteil überzeugt und stieß angesichts ihres großartigen Fundes einen langen, leisen Pfiff aus.

Joseph las weiter …

DAS GEHEIMNIS DER GEBETSSCHATULLE
Geschrieben am 26. März 1780, am Morgen des Ostersonntags, von Maleachi Hutchinson für seinen neugeborenen Sohn Joseph.

»Bist du das, Papa?«, fragte Mary ganz aufgeregt.

Daniel stöhnte auf. Sie hatten einen echten Schatz entdeckt, und Mary stellte eine dumme Frage nach der anderen. Da Daniel fürchtete, Joseph könnte zu einer ausführlichen Erklärung ausholen, kam er ihm hastig zuvor und erklärte, dass mehrere Menschen den gleichen Namen und auch das gleiche Geburtsdatum haben konnten. »Bitte, Papa«, drängte er, »blättere um.«

Ich schreibe dies hier, um dir, Joseph, meinem Sohn, zu helfen, weil du gerade in eine Welt geboren wurdest, die nicht vollkommen ist, eine Welt, die häufig hart und verwirrend ist, eine Welt, in der beinahe alle Gebete unerhört bleiben.
Ich bin dreiundzwanzig Jahre alt und damit der bei weitem älteste männliche Hutchinson. Vielleicht fragst du dich, wie ein so junger Mann weise genug sein kann, um dir irgendwie eine Hilfe sein zu können. Darauf antworte ich, wenn man jeden

Tag im Schatten des Todes lebt, verleiht das selbst einem gewöhnlichen Menschen außergewöhnliche Weisheit. Deshalb hat Großmutter Mary mir das Geheimnis anvertraut, das ich jetzt an dich weitergeben werde.

»Großmutter Mary?«, rief Mary strahlend aus. »Sie heißt ja wie ich, Papa. Wir haben genau den gleichen Namen.«

»Schon wieder!«, stöhnte Daniel theatralisch auf. »Bitte, Papa«, flehte er.

»Pst, Mary, Daniel hat recht. Lass uns erst fertig lesen, dann kannst du deine Fragen stellen.« Joseph las weiter …

Welches Geheimnis kann ein einfaches Kästchen wohl enthalten, das es, soweit irgendein Hutchinson zurückdenken kann, wert war, von Generation zu Generation weitergegeben zu werden?
Mein Sohn, das Geheimnis der Gebetsschatulle ist das größte Geheimnis aller Zeiten. Es ist das Geheimnis neuen Lebens.
Deshalb habe ich bis zum Ostermorgen gewartet, um das hier niederzuschreiben. Die Gebetsschatulle erfüllt das geheime Versprechen dieses Tages, den Himmel hier auf Erden zu offenbaren. Die Gebetsschatulle, die du in Händen hältst, ist jene Tür, durch die der Himmel eintritt und sich in deinem Leben auf Erden zeigt.

Joseph blickte von dem Notizbuch auf. In dem schwarzen Spiegelbild der Fensterscheibe blitzte das Gesicht des Engels auf. »Ich bin gekommen, um dir etwas zu nehmen und dir dafür etwas weit Großartigeres zu schenken«, hatte er gesagt, und er hatte genau diese Schatulle in den Händen gehalten. Hundert verschiedene Gedanken, wie einzelne Schneeflocken, schossen ihm auf einmal durch den Kopf.

Die Kinder drohten, das Buch an sich zu nehmen, wenn er mit dem Lesen innehielt, deshalb las Joseph weiter ...

Vertraue darauf, dass es in diesem Moment in deinem Leben nichts Wichtigeres gibt, als das Geheimnis der Gebetsschatulle zu erfahren. Gar nichts.
Joseph, solltest du ein ebenso skeptischer Mensch sein, wie ich einst einer war, dann wirst du die Frage verstehen, die ich Großmutter Mary gestellt habe – Ist es wichtiger, über das Geheimnis Bescheid zu wissen, als ein Feuer in meinem Haus zu löschen, Großmutter?
»Vor allem, wenn du gerade im Begriff bist, ein Feuer zu löschen«, antwortete sie.
Ich bin ein Bauer, mein Sohn, keine Lehrerin oder Denkerin wie Großmutter Mary. Ich kann dir nur wiederholen, was sie mir gesagt hat. Ich kann dir nicht erklären, warum es funktioniert, nur dass es das tut.

Maleachis ungeborener Sohn, Joseph, mochte zwar der Angesprochene sein, doch er konnte diese Worte wohl kaum dringender brauchen als Joseph, der damit beschäftigt war, seine eigenen Feuer zu löschen.

Vergewissere dich, mein Sohn, dass du bereit bist, bevor du die nächste Seite umblätterst.

Joseph blickte von dem Buch auf. »Sind wir bereit?«

»Klar!«

Er wünschte, er wäre sich in diesem Punkt genauso sicher wie seine Kinder. Joseph blieb kaum ein Monat Zeit, um sich zu überlegen, wie er in Zukunft seine Familie ernähren konnte und unter welchem Dach sie würden leben können. »Es ist Zeit, schlafen zu gehen«, verkündete er, weil er nicht wusste, was er sonst tun sollte.

Nur äußerst widerwillig stimmten die Kinder zu, ins Bett zu gehen, und nur unter der Bedingung, dass sie sich gleich bei Sonnenaufgang wieder um den Tisch versammeln und weiter in dem geheimnisvollen Notizbuch lesen würden. Joseph versprach es ihnen, aber er musste seine ganze Willenskraft aufbieten, um das Notizbuch nicht heimlich in seine Gesäßtasche zu stecken, als sie gemeinsam die Treppe zu ihren Schlafzimmern hinaufgingen.

15

Am nächsten Morgen

Am nächsten Morgen stieg Joseph die Treppe hinunter und stellte fest, dass seine Kinder schon am Tisch saßen und darauf warteten, wie die Geschichte weitergehen würde. Er konnte sich nicht erinnern, dass ihm seine Kinder ein einziges Mal morgens zuvorgekommen waren. Die Milch war eingeschenkt, das Brot mit Butter bestrichen, und ein knisterndes Feuer brannte bereits im Kamin. In der Mitte des Tisches lag das Notizbuch, das sie nicht angerührt hatten; die Selbstbeherrschung seiner Kinder war beeindruckend.

Joseph setzte sich an den Kopf des Tisches. »Ein Toast auf dich«, sagte er und hob seinen Milchbecher an, »Urururururgroßvater Maleachi.« Joseph konnte nur raten, wie viele Ur hier korrekt waren, aber zu dieser frühen Morgenstunde zählten die Kinder gewiss nicht mit. Daniel und Mary kicherten, und er fand ihre Aufregung trotz allem ansteckend. Er lachte mit seinen Kindern, doch insgeheim erfüllte ihn die Sorge, dass er sich lächerlich machen könnte: Um ihn herum brach alles zusammen, und er, der geschworen hatte, nie mehr an irgendetwas zu glauben, legte auf einmal seinen ganzen Glauben in eine alte, kaputte Kassette, die unmögliche Versprechungen verhieß, welche sie in keinem Fall halten konnte.

Joseph konnte nicht erklären, was ihn antrieb, er konnte seinem Drang nur nachgeben. Er schlug das Buch auf und begann zu lesen …

Mein Sohn, ich mache dich mit dem Geheimnis der Gebetsschatulle auf die gleiche Weise vertraut, wie es Großmutter Mary mit mir gemacht hat – durch Fragen, die eher zum Nachdenken anregen als dazu, Antworten zu geben.
Großmutter Mary fing folgendermaßen an:
»Seit Anbeginn der Zeit hat jeder Mann und jede Frau gebetet – Hunderttausende Gebete jeden Tag. Warum also werden nur wenige davon erhört?
Ist es die Güte eines Menschen, die das bestimmt, oder seine Frömmigkeit? Vielleicht seine Klugheit oder seine Großzügigkeit den Alten und Kranken gegenüber? Wenn die Güte ausschlaggebend ist, warum werden dann die Gebete von unfreundlichen und selbstsüchtigen Menschen überhaupt erhört?
Nicht einmal die größten Denker, Maleachi, haben das letzte Puzzlestück des Gebets gefunden – war-

um einige Gebete erhört werden und andere nicht –, und das hat den Menschen, wie du dir vorstellen kannst, schwer zu denken gegeben.«
Stein um Stein legte Großmama Mary das Fundament ihrer Argumente dar, lieber Joseph.
»Nachdem die Menschheit Generation um Generation mit dem Geheimnis der nicht erhörten Gebete gelebt hatte, konnte sie diese Frustration nicht länger ertragen. Die Menschen wollten ihren Seelenfrieden, selbst ein falscher Friede wäre ihrer Meinung nach besser als diese entmutigende und ergebnislose Suche.
Und Folgendes beschloss die Menschheit zu glauben, damit die Suche nach der schwierigen Antwort ein Ende haben möge: Gottes Wille bestimmt, welche Gebete erhört werden und welche nicht.«
Ich gestand Großmama Mary, dass ich es in Sachen Gebete selbst mit genau diesem Glauben hielt.
»Schau, dann wirst du erkennen, Maleachi«, sagte sie tief betrübt, »wie dieser Glaube dich zwar sogleich beruhigt, dich aber doch der Fähigkeit beraubt, dir deine Gebete erhören zu lassen.«
Es kostete mich viele schlaflose Nächte, bis ich begriff, warum Großmutter Mary das als die große Lüge bezeichnete. Aber nach langem Grübeln verstand ich es schließlich.
»Wirf hundert Gebete in die Schatulle, ohne das Geheimnis der Gebetsschatulle einzusetzen, und alle hundert werden unerhört bleiben. Wirf hundert Gebete unter Einsatz des Geheimnisses der Gebets-

schatulle hinein, und jedes einzelne wird erhört ... selbst das größte.
Die Gebetsschatulle gibt der Menschheit die Fähigkeit zurück, uns unsere Gebete erhören zu lassen und diese Fähigkeit nach unserem Gutdünken einzusetzen.«
Um dies zu betonen, legte mir Großmama Mary die Gebetsschatulle in die Hände.
»Du hältst den Schlüssel zur Tür zwischen Himmel und Erde in den Händen«, sagte sie ganz ernst.
Zugegeben, mir jagte die Verantwortung Angst ein. Wenn du die gleichen Gefühle empfindest, musst du wissen, dass man sich dafür nicht zu schämen braucht, mein Sohn.
Großmama schaute direkt durch mich hindurch, als sei ich eine Glasscheibe, und sagte: »Du musst dich entscheiden, Maleachi, ob du eine solche Macht in Händen halten willst. Wenn ja, dann wirst du weder die Gebetsschatulle noch deine Gebete auf die leichte Schulter nehmen.«
Ich überlegte mir diese Entscheidung lange und gründlich, bevor ich mich äußerte. »Ja«, erklärte ich schließlich, »ich will die Macht der Gebetsschatulle in meinen Händen halten.«
Joseph, mein Sohn, wie entscheidest du dich?

Joseph legte das Notizbuch nieder und stellte sich dieselbe Frage. Irgendwie hatte er das Gefühl, seine Antwort könnte für sein Leben von großer Bedeutung sein.

Er wandte sich an Daniel und Mary und sagte: »Jeder von euch wird seine eigene Entscheidung treffen.«

Mein Sohn, wenn du dich entschließen solltest, die Macht anzunehmen, die die Gebetsschatulle verleiht, dann werde ich dir unverzüglich das Erste Gebetsgeheimnis weitergeben, das Großmutter Mary mir mitgeteilt hat.

Vielleicht war es nötig gewesen, fast alles zu verlieren, damit sich Joseph, ohne auch nur eine Sekunde zu zögern, auf die Gebetsschatulle einlassen konnte. »Ich habe meine Entscheidung getroffen«, verkündete er und forderte die Kinder auf, ebenfalls einen Entschluss zu fassen.

»Jajajaja«, sprudelte es aus ihnen heraus, und ihre Bestätigung klang wie ein einziges langes Wort. Die beiden hegten nicht den geringsten Zweifel.

Das Notizbuch war mit einer altmodischen Blockhandschrift beschrieben. Der Federkiel, den Maleachi benutzt hatte, schmierte hier und da, aber der Text war lesbar. Jede Seite war mit kleinen Zeichnungen versehen, die wichtige Punkte veranschaulichten. Joseph legte das Buch in Daniels Hände. »Ich lese mit dir zusammen, Daniel.«

Daniel war überwältigt – noch nie hatte Joseph ihn gebeten, etwas laut vorzulesen. Er räusperte sich und las aufmerksam.

Das Erste Geheimnis der Gebetsschatulle:
DIE GEBETE WERDEN DURCH DICH ERHÖRT.

Daniel konnte das zwar lesen, aber er konnte es nicht richtig verstehen. Was nützte es, ein Geheimnis zu haben, wenn man nicht wusste, was es bedeutete? Er wandte sich Joseph zu.

»Frag mich nicht, Daniel, bevor du nicht ein wenig darüber nachgedacht hast«, antwortete Joseph. »Was glaubst du, bedeutet das?«

Zögerlich antwortete Daniel: »Es bedeutet … wenn ich um etwas bete … muss ich das zuerst an mir geschehen lassen?« Als Joseph ihn nicht unterbrach, sprach er weiter: »Die Gebetsschatulle ist wie eine Tür –«

»Und du musst sie aufmachen.« Mary freute sich, dass sie selbst ein Stück des Puzzles beisteuern konnte.

»Und wenn wir sie aufmachen«, fuhr Daniel fort, »kommt der Himmel herein?«

Natürlich hatte nichts davon irgendetwas mit der Frage zu tun, wie er das Geld, das er der Bank schuldete, auftreiben konnte, aber Joseph ließ es zu, dass sich seine Kinder für das Geheimnis begeisterten. »Der Himmel kommt durch die offene Tür der Gebetsschatulle herein«, fügte Joseph hinzu, »und durch die offene Tür in eure Brust, wo euer Herz schlägt.«

»Und worin besteht dann die Erhörung unseres Gebets?«, wollte Daniel zunehmend enttäuscht wissen. »Geht es darum, dass wir die Tür aufmachen, um den Himmel hereinzulassen, oder dass wir kriegen, was wir wollen?«

»Beides. Was wir wollen und was der Himmel für uns will, wird in dem Augenblick erhört, in dem wir die Tür zu unserem Herzen öffnen.«

Großmutter Mary wäre stolz gewesen.

Auch Mary verstand es auf ihre Weise. »Wenn ich bete, dass etwas Gutes passiert, Papa, dann muss ich das zuerst durch die Tür meines Herzens hereinlassen.«

»Das ist richtig, Mary, und auch das Gegenteil ist zutreffend.«

Wann waren seine Kinder nur so weise geworden, wunderte sich Joseph und dachte an all das Leid, das sie seit Miriams Tod hatten durchmachen müssen.

»Ich hab's!«, rief Daniel plötzlich aus. »Ich weiß, worum ich bete.«

»Dann schreib es auf, Daniel, und wirf es in die Gebetssch –« Als sie auf die Überreste der Schatulle schauten, brachen sie zum ersten Mal seit Monaten in lautes Gelächter aus.

16

»Kannst du uns eine neue Gebetsschatulle machen, Papa?«, bettelte Daniel.

Joseph war es am allerwichtigsten, ein guter Vater zu sein, doch er war sich unsicher, ob das bedeutete, ihre Habseligkeiten zusammenzupacken und Pläne für die Zukunft der Familie zu schmieden, oder den Tag in der Scheune mit der Anfertigung einer Gebetsschatulle zu verbringen.

»Der Mann von der Bank hat gesagt, dass wir erst Ende November aus dem Haus müssen«, erklärte Daniel. »So lange wird es wohl nicht dauern, bis unsere Gebete erhört werden.«

Daniels Gewissheit gab den Ausschlag. »Du besitzt den festen Glauben deiner Mutter«, stellte Joseph fest und beobachtete, wie sich die Kinder in nicht zusammenpassende Kleiderschichten hüllten. Gemeinsam steuerten sie auf die Scheune zu.

Ein kleiner Haufen Bretter, die nach dem Bau von Miriams Sarg übrig geblieben waren, lag in der Mitte der Scheune aufgestapelt. Sie setzten sich auf Hocker und betrachteten den Holzstapel. »Wenn ihr ganz still seid, könnt ihr das Holz flüstern hören«, sagte Joseph zu ihnen, so wie es Großpapa Elijah einst zu ihm gesagt hatte. Natürlich wusste er, dass das Holz nicht wirklich flüsterte, genauso wenig wie die Pflanzen. Aber so wie ein Bauer im Einklang mit den Zyklen seines Bodens lebt und seine Pflanzen beinahe wachsen hören kann, so wollte Großpapa Elijah es mit dem Holz handhaben – dass er geradezu eins mit ihm wurde.

Die Kinder fröstelten in der zugigen Scheune und lauschten dem Holz, so gut sie konnten. Sie wollten ihrem Vater zuliebe das Holz flüstern hören. Doch leider hörten sie nichts, außer dem Klappern ihrer Zähne, weil ihnen so kalt war.

Joseph starrte den Holzstapel an, bis ihm klar wurde, dass die Gebetsschatulle aus Holz vom Dachboden und aus den Überresten von Maleachis Schatulle gefertigt werden sollte, nicht aus den Scheunenbrettern. Deshalb legten er und die Kinder an diesem Vormittag mehrere Male die Strecke zwischen Farmhaus und Scheune zurück.

Stunden später saßen die drei Hutchinsons erwartungsvoll vor einem riesigen Holzhaufen, als würden sich die Stücke aufrichten und von selbst zusammensetzen. Sie warteten und beobachteten und warteten wieder. Schließlich fing Joseph auf einmal an, seine Pläne für den Bau der Gebetsschatulle zu erläutern.

»Ich werde die Schatulle genauso groß machen, wie die von Maleachi war. Wir können die vier Ecken mit den Winkelscharnieren der Originalschatulle verstärken. Ihr beide werdet sie säubern und polieren, so gut ihr könnt.« Er sprach zu ihnen über die Schatulle und vergaß dabei die Tatsache, dass die Kinder die Schatulle in den Händen halten, aber keinen detaillierten Arbeitsplan für ihren Bau hören wollten.

Mary, die diese langweiligen Erläuterungen nicht länger aushielt, überredete Joseph, eine Pause zu machen und ins Haus zu gehen, wo es warm war, wo sie etwas essen und ihre Gebete niederschreiben konnten.

Nach dem Essen kamen die Kinder, nachdem sie überlegt, dann einen Mittagsschlaf gehalten und schließlich ihre Gebete aufgeschrieben hatten, in die Küche zurück und verglichen, was auf den Papierstreifen stand. Eine lange Diskussion entspann sich: Wer von ihnen beiden durfte sein Gebet zuerst vorlesen? Was war, wenn sie um das Falsche beteten? Was war, wenn sie um Gegensätzliches beteten – würden die Gebete sich gegenseitig aufheben?

Als all diese Fragen geklärt waren, legten sie ihr Gebet dem anderen zur Prüfung vor. Auf verschiedene Papierstreifen war in unterschiedlicher Handschrift das gleiche Gebet gekritzelt.

Mach, dass Papa wieder glücklich ist.

17

Einige Stunden später hatte Joseph sein Werk vollendet. Er ging immer wieder um die Schatulle herum und begutachtete sie von allen Seiten, fuhr über jeden Zentimeter der Oberfläche. Eigentlich hätte er zufrieden sein müssen, da sich das Holz unter seinen Händen glatt wie Seide anfühlte, aber er war es nicht. Irgendetwas Wichtiges fehlte. Er nahm die Schatulle in die Hände und bat, genau wie Großpapa Elijah es vielleicht getan hätte, insgeheim darum, dass ihm gezeigt würde, was noch fehlte. Es dauerte nicht lange, da sah er es vor seinem inneren Auge – die Schatulle des Engels war mit einem winzigen, hell leuchtenden Schloss versehen gewesen, mit einem Schloss aus purem Gold.

Pures Gold. Nun, machte sich Joseph insgeheim über sich selbst lustig, warum sollte ich das Innere der Schatulle nicht gleich mit Rubinen auskleiden oder besser noch, mit Diamanten? Woher sollte er das Geld für einen solchen Luxus nehmen? Er tat den Gedanken als völlig abwegig ab.

Das Holzkästchen unter den Arm geklemmt, ging er ins Farmhaus zurück, wo seine Kinder auf ihn warteten. Er empfand den gleichen Stolz, den Maleachi einst verspürt haben musste, als Großmutter Mary sie ihm in die Hände gelegt hatte. Er stieß die Haustür auf und rief: »Sie ist fertig!«

Es war Josephs einfachste Zimmererarbeit, und doch sein größtes Kunstwerk. Mit Ausnahme von Miriams Sarg hatte er noch nie etwas mit größerer Ehrfurcht gebaut. Das Holz dieser Gebetsschatulle war mit seinen unausgesprochenen Herzenswünschen für seine Familie getränkt.

Joseph stellte die Schatulle mitten auf den Tisch und sah, wie Daniel und Mary erstaunt die Augen aufrissen. Er bemerkte das Papier, den Federkiel und die Tinte, die seine Kinder für ihn bereitgelegt hatten, damit er sein Gebet niederschreiben konnte.

Er setzte sich hin und nahm den Federkiel zur Hand. Während er an der Schatulle gearbeitet hatte, hatte er unentwegt über sein Gebet nachgedacht. Es war etwas, was er sich mehr als alles andere auf der Welt wünschte. Joseph tauchte die Feder in die Tinte, strich das Zuviel an Flüssigkeit ab und schrieb sein Gebet sorgfältig nieder.

Bitte sorge für meine Kinder.

Er wischte sich eine Träne aus dem Augenwinkel, bevor sie heruntertropfte, und hoffte, dass die Kinder sie nicht bemerkt hatten.

Aber das hatten sie.

Bevor er ihnen gestattete, ihre Gebete in die Schatulle zu stecken, sagte Joseph: »Wenn wir es machen, so wollen wir es richtig machen.« Dann las er laut die drei letzten Sätze des Ersten Geheimnisses aus dem Notizbuch vor …

Schreibe dein Gebet auf und stecke es in die Gebetsschatulle. Hol dein Gebet nie mehr heraus und ändere es auf keinen Fall ab. Schließe die Schatulle niemals auf.

»Das Schloss, Papa! Das Schloss fehlt!«

Joseph erklärte, dass es nicht fehlte, dass sie nur nicht das Geld hatten, jene Art von Schloss zu kaufen, die für die Gebetsschatulle nötig wäre, nämlich ein Schloss aus purem Gold. Er erzählte ihnen, dass er hoffe, die Schatulle würde auch ohne Schloss funktionieren. Sie kamen alle überein, so zu tun, als sei ein Schloss an der Schatulle, und versprachen, sie niemals zu öffnen.

»Ich hoffe, dass wir vielleicht eines Tages in der Lage sind, uns ein solches Schloss leisten zu können«, sagte Joseph wehmütig.

»Bestimmt, Papa«, stellte Daniel fest, als wüsste er das ganz genau. »Du wirst schon sehen.«

Joseph faltete das Blatt Papier, auf das er sein

Gebet geschrieben hatte, zusammen und steckte es durch den Schlitz im Deckel der Schatulle. Nachdem Mary ihr Blatt Papier so oft zusammengefaltet hatte, wie es nur ging, machte sie es ihm nach. Daniel küsste das Papier mit seinem Gebet, bevor er es in die Kiste steckte.

Sie konnten unmöglich wissen, dass mehrere Meilen entfernt die Erfüllung ihrer Gebete bereits angefangen hatte, Gestalt anzunehmen.

18

Am nächsten Morgen

Charlie Mulch wachte mit entsetzlichen Kopfschmerzen auf. Da er kein Mann war, der still vor sich hin litt, weckte er seine Frau auf, damit sie sich um ihn kümmerte.

Daisy massierte ihm die Schultern, legte ihm ein kaltes Tuch auf die Stirn und sorgte sich besonders liebevoll um ihn. Charlie war ein guter Mann. Er war zwar stur wie ein Bock, aber nur sie wusste, dass unter seiner harten Schale ein weiches Herz schlug; und dieser Widerspruch war die eigentliche Ursache seiner Kopfschmerzen.

Wenn der Schmerz ihn übermannte, brachte Charlie immer die gleiche alte Leier vor: »Wenn ich schwach bin, nutzt mich jeder in der Bank aus.« Oder: »Die Bank ist ein Schlachtfeld«, sagte er, wenn Daisy ihn als Sturkopf bezeichnete. Warum sollte sie mit Charlie herumstreiten, wenn doch seine Kopfschmerzen ihm die besten Lektionen erteilten?

»Beim Geschäft geht es nicht darum, dass die Leute einen mögen, Daisy.«

So gesehen, war Charlie tatsächlich einsame Spitze, denn außer Daisy besaß er keinen einzigen Freund auf der Welt. Selbst seinen Kollegen in der Bank missfiel die Art und Weise, wie Charlie bei der Erledigung seiner Aufgabe mit den Leuten umsprang.

Die jungen Angestellten, die ihm zur Ausbildung geschickt wurden, forderte Charlie heraus: »Auf die harte oder die sanfte Tour – Sie entscheiden«, sagte er dann und stupste ihnen mit dem Finger gegen die Brust. »Sind Sie schwach, wird der Nächstbeste Sie ausbooten, sind Sie stark, booten Sie ihn aus.«

Keine dieser Alternativen war verlockend, aber die Auszubildenden wussten, was Mr. Mulch hören wollte. Im Laufe der Zeit verließen so manche der vielversprechenden jungen Angestellten die Bank, um einen anderen Arbeitsstil zu pflegen, einen mit mehr Herz. Klar, die Geschäftswelt war hart, dachten sie, aber so hart musste sie nun auch wieder nicht sein.

Charlie jedoch war davon überzeugt.

Daisy hatte den Mann hinter der äußeren Fassade geheiratet, jenen Mann, der seine Maske nur dann fallen ließ, wenn er glaubte, dass keiner ihn sähe. Zärtlich fragte sie ihn: »Was beunruhigt dich, mein lieber Mann?«

»Ich hatte eine Aufgabe zu erledigen, und das lässt mir keine Ruhe.«

»Was musstest du denn tun, mein Lieber?«

Charlie schloss die Augen; das Geständnis würde ihm leichter fallen, wenn er sie dabei nicht ansehen musste. »Ich musste die Hypotheken für die Farm eines Mannes kündigen.«

»Was ist passiert? Mit seiner Familie muss doch etwas passiert sein?«

»Ich bin der Direktor der Bank, nicht sein bester Freund. In Wahrheit hat er seit Jahren seine Raten nicht mehr bezahlt. Er hat mir gar keine andere Wahl gelassen.«

»Charlie«, hob sie freundlich an, »was hat der Farmer denn als Grund für seinen Zahlungsrückstand angegeben, als du zu ihm gegangen bist, um ihm die Hypothekenkündigung auszusprechen?«

Charlie konzentrierte sich auf seine Finger, auf den Patchworkquilt aus Baumwolle, auf das Vogelgezwitscher vor dem Fenster, nur nicht auf Daisy.

Daisy massierte ihm die Schläfen und wartete. Früher oder später würden ihn seine Schuldgefühle dazu bringen, es ihr anzuvertrauen.

»Er sagt, seine Frau sei –«, seine Stimme wurde mit jeder Silbe ein bisschen leiser, »krank.« In seinem Hinterkopf hämmerte es wie verrückt.

»Wie krank, Charlie?«

Hätte sie ihn gebeten, sich einen Banktresor auf die Schultern zu hieven, wäre das einfacher gewesen, als diese Frage zu beantworten. Wie ein Echo, das aus der Tiefe eines unsichtbaren Tals kommt, sagte er: »Sie ist gestorben.«

Daisy versuchte erst gar nicht, ihr Entsetzen zu kaschieren.

»Ach, mein sturköpfiger, weichherziger Mann, was soll ich bloß mit dir machen?« Sie umarmte ihn, und er legte den Kopf an ihre Schulter. »Wie heißt er, Liebster? Ich werde sehen, ob ich ihm irgendwie helfen kann.« Sie konnte ihnen beim Packen helfen, ihnen Lebensmittel bringen, die Kinder hüten. Daisy brauchte nicht zu fragen; sie wusste, dass er Kinder hatte.

»Hutchinson.«

Daisy richtete sich kerzengerade auf. »Charlie, bitte sag mir, dass es nicht um Joseph Hutchinson geht.«

»Doch … Wieso?«

»Darling! Erinnerst du dich nicht, wer er ist?«, fragte sie, obwohl sein Schweigen verriet, dass er es nicht wusste. »Es war Josephs Großvater David, der meinem Großvater Edward das Leben gerettet hat –«

»Als sie als kleine Jungs auf der Jagd waren!«, fiel ihr Charlie ins Wort, erleichtert, dass es ihm wieder eingefallen war.

Im ganzen Bezirk gab es niemanden, der die Geschichte nicht gehört hatte, dass Großpapa Edward von einem verängstigten Rehbock angegriffen worden war und David Hutchinson ihn die vier Meilen in die Stadt geschleppt hatte. Der Arzt hatte gesagt, dass ihr Großvater, hätte David das nicht getan, an seiner Bauchverletzung verblutet wäre.

»Wir sind den Hutchinsons zu Dank verpflichtet, Charlie.« Daisy war eine gottesfürchtige Frau, der man nicht zu sagen brauchte, was in diesem Fall das Richtige war – das sagte ihr schon ihr Herz. »Gleich morgen früh gehe ich zu den Hutchinsons, um mit ihnen einen Weg zu finden, damit sie auf ihrer Farm bleiben können.«

Charlie blickte zerknirscht drein.

»Und du kommst mit mir mit.«

19

Noch am selben Abend

Die Gebetsschatulle stand vor ihnen, das Notizbuch lag ungeöffnet daneben. Der Tag hatte für Daniel und Mary ein Abenteuer nach dem anderen bereitgehalten, aber das Beste sollte ja erst noch kommen: Das Zweite Geheimnis der Gebetsschatulle. Erwartungsvoll trommelten sie mit den Fingern auf den Tisch und klopften mit den Füßen auf die zerschrammten Eichendielen, aber deshalb kam Joseph auch nicht schneller herunter. Er war in sein Schlafzimmer gegangen und hatte die Tür geschlossen, und sie wussten, dass sie ihn lieber nicht störten.

❋

Joseph saß schweigend am Fußende seines Bettes. Seine schwieligen Hände umklammerten den Quilt, als wolle er bei dem Gedanken, seine Kinder nicht ernähren zu können, alles Leben aus ihm herausquetschen.

Bring alle deine Gebete zur Gebetsschatulle, mein Sohn ...

Hätte er die Sache mit dem Bankdirektor bloß durchsprechen können. Wäre der Mann doch bereit gewesen, sich mit ihm zu einigen oder ihm zu helfen oder auch bloß zuzuhören. Joseph war sich sicher, dass sie gemeinsam einen Ausweg gefunden hätten.

Wären sein Vater und seine Brüder bloß keine Hutchinsons gewesen und so früh gestorben – sie könnten noch heute alle am Leben sein, zusammenarbeiten und sich gegenseitig unterstützen. Und wenn Joseph dann mit einem Problem zu ihnen gekommen wäre, dann hätten sie ihm gewiss geholfen, es zu lösen. Er würde nicht ganz allein mit seinem Leben zurechtkommen oder sich Hilfe suchend an eine dumme Schatulle wenden müssen.

Hätte seine Mutter ihm vor ihrem Tod bloß nicht das Versprechen abgenommen, die Farm in der Familie zu halten, dann wäre er frei gewesen, fortzuziehen und mit dem Material zu arbeiten, das er am allermeisten liebte, und er hätte seine Tage mit Sägemehl bedeckt zubringen können.

Und alles, worum du betest, wird dir eines nach dem anderen erfüllt werden.

Da Miriam tot war, hatte er nun niemanden mehr, mit dem er reden, auf den er sich stützen konnte. Alle, die von seiner Familie übrig waren, stützten sich auf ihn. Von neuem wurde ihm klar, wie stark Miriam gewesen war, wie sehr sie ihm geholfen hatte. Würde er sie je wieder in seinen Armen halten? Würde sie ihm je verzeihen? Würde er sich selbst je verzeihen?

Er machte den Mund auf, weil er sein Gebet laut aussprechen wollte, *bitte, sorge für meine Kinder*, aber es kam kein Ton heraus. Die wenigen winzigen Samenkörner des Glaubens, die in seinem Herzen Wurzeln zu schlagen begonnen hatten, waren unter dem Absatz der Wirklichkeit zertreten worden.

Ist es wichtiger, von dem Geheimnis zu erfahren, als ein Feuer in meinem Haus zu löschen? Vor allem, wenn du im Begriff bist, ein Feuer zu löschen.

Er stützte den Kopf in seine Hände, Tränen standen ihm in den Augen, und er saß eine gute Viertelstunde am Rand des Abgrunds – welcher Zukunft blickte seine Familie entgegen?

Als Joseph die Treppe herunterkam, lächelten Daniel und Mary. Aber als er sich hinsetzte und das Notizbuch ohne ein Zwinkern oder ein herzliches Wort aufschlug, spürten die Kinder seine Traurigkeit, seine Verzweiflung.

Ach, sie wünschten sich, sie könnten zu ihm stürzen und ihn ganz fest umarmen und ihm sagen, dass alles wieder gut würde, aber sie taten nichts dergleichen. Es war nicht alles gut, und das wussten sie. Mama war gestorben, und bald würden sie ihre Farm und ihr Zuhause verlieren. Papas Kummer bahnte sich wie grauer Rauch, der durch Ritzen oder unter geschlossenen Türen hindurchdringt, den Weg in ihre jungen Herzen. Und ihre Traurigkeit verwandelte sich unweigerlich in Angst. Was würde nur aus ihnen werden? Wie der Sirenengesang Seeleute in den Tod lockte, so ängstigte sie die Stimme der Furcht, aber sie konnten nicht anders, als ihr dennoch zu lauschen. Tränen rannen den Kindern über die Wangen. Ihr Vater war zu groß, um zu weinen, aber die Kinder wussten, dass die Tränen in seinem Inneren überliefen.

Schließlich griff Joseph nach dem Notizbuch, schlug es auf und las:

Das Zweite Geheimnis der Gebetsschatulle:
GEBETE WERDEN ERHÖRT, WENN DU ZUHÖRST.
Wenn du redest, bist du ein überflutender Damm, aber wenn du zuhörst, bist du ein offenes Gefäß, bereit, etwas aufzunehmen.
Ich vertraue dir nur ungern an, dass ich selbst ein solcher Mensch war, der immer zu viel redete. Wie ein Trommler hämmerte ich mein Gebet Gott in den Kopf, damit Er es auch ja nicht vergaß.
Das Zweite Geheimnis bedeutet, dass du dein Gebet aufschreibst und dann nicht mehr zu Gott darüber redest. Ab diesem Zeitpunkt hör zu. Hör nur zu.

»Und wie«, fragte ich Großmutter Mary, »soll ein einfacher Bauer wie ich, der von morgens bis abends schuften muss, Zeit zum Zuhören finden?«
»Geh an deine Arbeit, tu, was du tun musst, aber sei stets bereit zuzuhören. Du musst wissen, dass Gott unentwegt zu uns spricht, aber wir können es nicht hören, wenn wir nicht zuhören.«
Dass Gott sich so anstrengen muss, um unsere Aufmerksamkeit zu wecken, tut mir im Herzen weh, mein Sohn.

Joseph blätterte die Seite um, weil er vorhatte, auch gleich das Dritte Geheimnis zu lesen, aber der Text hielt ihn davon ab.

Lies das Dritte Geheimnis nicht, bevor du nicht eine Nacht gelauscht hast. Du wirst überrascht sein, wie viel man in der Stille hören kann.

Joseph klappte das Notizbuch zu und schob es über den Tisch. Ohne ein einziges Wort des Protests standen die Kinder auf und stiegen die Treppe zu ihrem Schlafzimmer hinauf.

Heute Abend war das Gebet in den Herzen aller drei ganz schlicht: Sie beteten um Schlaf, wo sie ein süßes, wenn auch nur vorübergehendes Vergessen erwartete.

20

Früh am nächsten Morgen

Joseph, Daniel und Mary befolgten Großmutter Marys Ratschläge aufs Wort – sie lauschten, während sie ihren sehr kleinen Besitz an Küchengeräten in Kisten verpackten. Erstaunlicherweise kam nicht gerade viel heraus, wenn ihr Leben ohne Mama nach Holzkisten bemessen wurde.

Während sie so packten und lauschten, wurden sie von einem unerwarteten Klopfen an der Tür aufgeschreckt. Daniel öffnete die Küchentür einem Alptraum: der Mann von der Bank und eine Dame standen auf ihrer Veranda. Ein Anflug von Groll erfasste sein Herz, aber er schluckte die Worte, die seinen Gefühlen Ausdruck verliehen hätten, hinunter. »Warten Sie hier«, befahl er. »Ich hole meinen Papa.« Etwas Freundlicheres brachte er nicht heraus.

Joseph kam an die Tür. Ohne zu zögern begrüßte er das Paar mit jener Art von Wärme, die vielleicht das mit Federkiel und Tinte gezeichnete Bild einer Sonne ausstrahlt. Er gab seinen Widersachern ein Zeichen, am Tisch Platz zu nehmen.

Hör zu, was der Mann zu sagen hat, riet er sich selbst, als er ihnen den Rücken zuwandte, um das Wasser für den Tee aufzusetzen. Er hatte den Geschmack von Eisen im Mund, als er sich entschuldigte, dass er nichts Süßes und keine Kekse zum Tee anbieten konnte.

»Ach, das ist nicht nötig, Mr. Hutchinson«, antwortete Daisy freundlich.

Begegne Bosheit mit Güte, hatte Miriam ihm häufig geraten, wenn sie spürte, dass er wütend wurde. Es war, als könne er ihre Stimme tatsächlich hören. »Was kann ich für Sie tun? Wie Sie sehen, sind wir gerade dabei, zu packen«, sagte Joseph unverblümt. Er setzte sich. Die Kinder flankierten ihn zu beiden Seiten, für den Fall, dass sie ihn beschützen mussten.

Daisy legte die Hand auf Charlies Handgelenk, das war ihr geheimes Zeichen, dass er zu sprechen anfangen sollte.

»Meine Frau Daisy hat mir eine interessante Geschichte über Ihren Großvater David erzählt, Mr. Hutchinson. Ich frage mich, ob Ihnen gestern Vormittag die Ohren geklingelt haben, als wir miteinander sprachen. Allem Anschein nach hat Ihr Großvater David Daisys Großvater das Leben gerettet, als er noch ein Junge war.«

Joseph verzog keine Miene.

Daisy nutzte die Gelegenheit, um sich mit den Kindern anzufreunden, indem sie ihnen eine sehr beschönigte Version von Großvater Davids Heldentat erzählte. »Euer Großvater war ein starker und tapferer Junge«, hob sie an.

Obwohl sie auf der Hut waren, fanden Mary und Daniel Daisy sehr nett. Sie hungerten geradezu nach solch warmherziger Aufmerksamkeit.

»Habt ihr gewusst«, sagte sie und beugte sich zu ihnen hinab, »dass unsere Großväter, als sie Jungen waren, die allerbesten und dicksten Freunde waren?«

»Als ich Daisy erzählte, dass Sie ein Hutchinson sind«, meldete sich Charlie wieder zu Wort, »sagte sie, dass wir etwas unternehmen müssen, um zu verhindern, dass Sie Ihre Farm verlieren. Deshalb sind wir hier … um Ihnen zu helfen … und um zu sagen, wie leid es mir tut, wie ich Sie behandelt habe«, stammelte er. »Es war falsch von mir, so hartherzig zu sein. Das ist mein Ernst, Mr. Hutchinson.«

»Sie sind tatsächlich hier, um mir zu *helfen*, damit ich die Farm behalten kann?«, fragte Joseph ungläubig.

Die Blicke aller Hutchinsons wanderten in Richtung Gebetsschatulle.

Erst in diesem Moment fiel sie auch Charlie auf, obwohl sie gut sichtbar mitten auf dem Küchentisch stand. »Was für ein hübsches Kästchen«, stellte er voll ehrlicher Bewunderung für die kunstfertige Arbeit fest.

»Danke, Mr. Mulch«, sagte Joseph automatisch, weil er sich nicht sicher war, was er von dieser Wendung der Ereignisse halten sollte.

»Bitte, nennen Sie mich Charlie.« Er streckte die Hand aus und schüttelte begeistert Josephs Hand mit jener Erleichterung, die ein schuldbeladener Mensch verspürt, wenn ihm verziehen wird.

Das Blubbern des kochenden Wassers war das Zeichen für eine Unterbrechung.

Joseph stand auf, um den Tee zuzubereiten, und unterdrückte den Drang, seine Kinder zu packen und sie durch den Raum zu wirbeln.

»Wer hat dieses Kästchen hergestellt?«, fragte Charlie.

»Papa hat es gemacht«, antwortete Mary. »Papa hat alles im Haus gemacht, was aus Holz ist. Das heißt, so gut wie alles hier.«

»Darf ich es mir genauer ansehen?«

»Nur, wenn Sie es nicht aufmachen«, warnte Daniel. »Es sind ein paar sehr persönliche Dinge drin.«

»Ich respektiere dein Recht auf Privatsphäre, mein Junge, danke, dass du mich darauf aufmerksam gemacht hast.« Charlie nahm das Kästchen in die Hand und begutachtete seine Schlichtheit, übertrieben darauf bedacht, es auch ja geschlossen zu halten. Im Gegensatz zu anderen Leuten begriff er, dass ein Kästchen mit umso größerer Kunstfertigkeit hergestellt sein muss, je simpler es wirkt; diese Schatulle war so schlicht, dass man geradezu auf die Idee verfallen konnte, man könne eine solche selbst anfertigen, wenn man nur wolle, um am Ende festzustellen, dass das nahezu unmöglich war.

»Sind Sie Zimmermann?«, fragte Charlie voller Bewunderung.

»Das ist nur eine Liebhaberei«, antwortete Joseph abwehrend, weil er noch immer nicht sicher war, wohin das alles führen würde.

»Dieser Tisch«, stellte Charlie fest, »und die Stühle und der Schrank – haben Sie sie gemacht?«

»Ja«, antwortete er bescheiden. »Früher oder später musste alles ersetzt werden.«

»Meine Frau wird es zwar nicht zugeben, Joseph, aber ich bin ein erbärmlicher Handwerker –«

»Oh, das gebe ich ohne weiteres zu, mein Lieber, nur nicht, solange du im Zimmer bist«, sagte Daisy lachend.

»Ich rede schon seit Jahren davon, einen Anbau an unser Haus zu machen – ein Arbeitszimmer für mich und ein Nähzimmer und vielleicht zwei Schlafzimmer für Daisys Verwandtschaft. Sie scheinen ein angeborenes Talent dafür zu haben, Mr. Hutchinson«, sagte er und drehte die Schatulle in den Händen. Charlie konnte es gar nicht fassen, wie hübsch die Schatulle war. Er fragte sich, ob Joseph ihm wohl auch eine solche anfertigen würde.

Daisy hätte ihrem Mann für diese kluge Idee

um den Hals fallen können. »Was Charlie zu sagen versucht, Mr. Hutchinson«, improvisierte sie, »ist, dass wir sehr dankbar wären, wenn Sie in Erwägung ziehen würden, für uns zu arbeiten. Es geht nicht darum, uns einen Gefallen zu tun. Wir brauchen Ihre Hilfe, und es würde sich für Sie natürlich finanziell auszahlen.«

Charlie überließ es seiner Frau, Josephs Lohn festzulegen. Sie war eher in der Lage, den Gesamtbetrag der Arbeitszeit des Mannes und die zusätzlichen Kosten für Charlies Schuld auszurechnen.

»So können Sie auf Ihrer Farm bleiben, Mr. Hutchinson«, erklärte Daisy, »und es sich leisten, die Raten an die Bank zu bezahlen.«

Sie einigten sich auf Folgendes: Am nächsten Montag sollte Joseph mit der Arbeit am Haus der Mulchs beginnen. Der Wagen würde ihn um sieben Uhr morgens bei der Farm der Browns abholen. Er wusste, dass Grace sehr gern bereit war, den Tag über auf seine Kinder aufzupassen.

Joseph richtete sich auf und sagte ganz gelassen: »Danke Ihnen beiden.« Im Innersten seines Herzens spürte er einen Funken Hoffnung aufglimmen.

Obwohl Daisy auf der Heimfahrt in der Kutsche gedanklich mit den Hutchinsons beschäftigt war, fühlte sie sich immer bedrückter. Ihr Leben war dieser Fahrt in dem Wagen nicht unähnlich, weil sie immer mit dem Rücken zu den Pferden saß und stets nur in die Richtung sah, aus der sie kam, nicht etwa in die, in die sie fuhr. Was als Nächstes passieren würde, war eine Frage, die nie im Voraus beantwortet wurde, und Daisy mochte keine Überraschungen. Die größte Überraschung in ihrem Leben, nämlich ihre Kinderlosigkeit, bereitete ihr noch immer Kummer. Sie träumte davon, Daniel in ihren Armen zu halten und Mary abends in den Schlaf zu wiegen, als wären es ihre eigenen Kinder.

Charlie hing seinem eigenen Tagtraum nach – er fragte sich, ob Joseph ihm wohl genau solch eine Schatulle anfertigen würde wie jene, die er hatte. Schon in dem Augenblick, als er das Kästchen in Händen hielt, verspürte Charlie eine seltsame, beunruhigende Vorahnung, die ihn den Atem anhalten ließ, als stünde er dicht vor etwas, was er nicht benennen konnte. In einer verborgenen Kammer seines Herzens, in der der wahre Charlie Mulch zu finden war, war es, als sei ein Schloss aufgegangen und eine Tür habe sich geöffnet, was es ihm ermöglichte, mit unmissverständlicher Klarheit zu erkennen, was seine Kopfschmerzen ihm beizubringen versucht hatten, nämlich dass es nicht sicherer war, sich zu verstecken, als sich direkt den Blicken auszusetzen.

Stunden später beim Abendessen, als Daisy ihn fragte, wie er denn auf die Idee gekommen sei, Joseph anzustellen, erzählte ihr Charlie, es sei gewesen, als habe die Schatulle zu ihm gesprochen und ihm geraten, genau das zu tun.

21

Zwei Tage später

Als Grace Joseph den Vorschlag unterbreitete, für seine Familie zu kochen, da überraschte er sie, indem er ihr Angebot annahm. In den letzten drei Monaten war er so genügsam wie ein Stein gewesen, heute jedoch nicht. Am Freitag kamen die Hutchinsons punkt Mittag an. Grace und ihre Tochter Rose waren noch in der Küche und bereiteten ein Essen zur Feier von Josephs guten Neuigkeiten zu. Als sie schließlich ihre übervoll beladenen Tabletts heraustrugen, verstand Joseph die Verspätung. Grace hatte nicht nur ein Essen zubereitet, sondern ein richtiges Festmahl. Es gab so viel zu essen, dass auf dem Tisch kaum mehr Platz für die fünf mit Wasser gefüllten Becher blieb.

Grace rief aus: »Kommt, ihr Hutchinsons. Kommt herein und lasst die Brown-Frauen euch zu essen geben.« Rose richtete sich stolz auf, als sie hörte, dass sie als Frau bezeichnet wurde.

❋

Daniel und Mary rannten um die Wette, um zu ihren Plätzen zu beiden Seiten von Joseph zu gelangen, aber Joseph hatte es überhaupt nicht eilig, irgendwohin zu gelangen. Zum einen, weil das Leben zu ihm kam – am Montag würde ja ein Wagen kommen, um ihn zu seinem Traum zu bringen, als Zimmermann zu arbeiten.

Grace saß am Kopf des ovalen Tischs und genoss den fröhlichen Anblick. Als zweiköpfige Familie hatten sie und Rose ganz egoistisch ihre intime Zweisamkeit über alles andere gestellt. Bis jetzt. Grace sonnte sich im Trubel und der lauten Fröhlichkeit, die zu einer Großfamilie gehörten. Eine große Familie – was für ein herrlicher Gedanke!

Nachdem das Tischgebet gesprochen, das Amen gesagt und das Essen ausgeteilt war, meinte Daniel zu Rose: »Dein Zuhause ist mir zu mädchenhaft.«

»Dann ist es ja gut, dass du nicht hier wohnst«, konterte Rose.

»Hör nicht auf ihn«, warf Mary ein, »ich finde, dein Haus sieht schön aus.«

Alle brachen in Gelächter aus, weil es stimmte. Während das Haus der Hutchinsons praktisch möbliert war, war das Zuhause der Browns mit Blick auf Bequemlichkeit und Schönheit eingerichtet. Es war offensichtlich, dass in diesem Haus kein Mann gewohnt hatte, seit Grace von ihrem Ehemann verlassen worden war: gerüschte und gestärkte Stores und Sofas mit pfirsichfarbenen Schonbezügen; Dutzende netter Wandbehänge, von denen bunte Bänder und Schleifen herabhingen; und pastellfarbene Seidenkissen auf jeder Sitzgelegenheit. Luxuriös, einladend und, ja, Daniel hatte recht, sehr mädchenhaft.

Sie aßen und aßen, bis von den beiden Brathähnchen nur noch die Knochen übrig und die Kekse, der Kuchen und der Pudding verschlungen waren. Die drei Kinder warteten auf das zustimmende Nicken, vom Tisch aufstehen zu dürfen. Aber bevor sie das Zimmer verließen, warfen sich Daniel, Mary und Joseph einen verstohlenen Blick zu, um sich ihrer stillschweigenden Übereinkunft zu versichern, nichts von der Gebetsschatulle zu verraten.

Als die Kinder aus dem Zimmer gegangen waren, ließ Grace ihre Gedanken unkontrolliert schweifen, so wie Rose in einem Süßwarenladen, wo sie nur noch Lust auf Süßes hatte und sich keinerlei Zurückhaltung auferlegte. So erklärte sich, warum aus heiterem Himmel sie, die nie auch nur einen einzigen Gedanken daran verschwendet hatte, wie es wäre, den Rest ihres Lebens ohne Mann zu verbringen, jetzt auf einmal daran dachte. Sie kam sich albern vor und fühlte sich schuldig, deshalb beschäftigte sie sich damit, den Tisch abzuräumen.

Josephs Traum war in Reichweite, und er zitterte geradezu vor Aufregung. »Grace, überübermorgen ist Montag.«

Grace warf ihm durch das Zimmer ein Lächeln zu, ohne ihre Arbeit zu unterbrechen.

»Die Farm zu bewirtschaften war, als würde ich jeden Tag einen Sack großer Steine auf meinem Rücken von einem Ende meiner Scholle zum anderen schleppen.« Joseph stieß einen gewaltigen Seufzer der Erleichterung aus. »Ab Montag kann ich diese Last endlich ablegen.«

»Joseph Hutchinson, Zimmermann«, verkündete Grace aus der Küche. »Entscheide dich für eine Arbeit, die du liebst«, zitierte Grace, Teller und Platten auf den Unterarmen balancierend, »und du wirst in deinem ganzen Leben nie mehr arbeiten müssen.«

»Du bist eine gute Freundin, Gracie, und du warst mir immer eine gute Lehrerin.«

»Joe, hör auf!« Sie errötete.

»Es ist mein Ernst. Wer, glaubst du, hat mir beigebracht, wie ich Männer für meine Farm anheuere? Du wirst stolz auf mich sein, denn ich habe die Nachbarn wissen lassen, dass ich bis auf zwei Hektar meine ganzen Äcker dem Höchstbietenden verpachte.«

»Das hast du nicht von mir gelernt«, protestierte Grace und stellte die Teller wieder auf den Tisch. »Ein Farmer gibt sein Land niemals her, Joe.«

»Ich gebe es nicht her. Ich verpachte es an Männer, die es bestellen wollen. Männer, die das gerne tun und es nicht hassen, so wie ich.«

Wer war sie, um das zu beurteilen? Grace hatte noch nie auch nur einen Hektar Land selbst bestellt. Sie war ein verwöhntes Einzelkind gewesen, und als ihre Eltern starben und ihr die Farm hinterließen, war sie eine verwöhnte Erwachsene. Als ihr dann klar wurde, dass ihr Mann zu nichts wirklich zu gebrauchen war, fasste sie den klugen Entschluss, junge Burschen anzuheuern, die ihr Land bestellten und das Extrageld brauchten. Für diese paar Münzen schufteten sie bis zum Umfallen, so ja auch Joe. Ein Mann konnte mit dem, was sie bezahlte, keine Familie ernähren, aber ein Junge konnte sich damit seine Träume erfüllen. Die Nachricht, dass sie Hilfe beim Pflanzen und Ernten brauchte, verbreitete sich in der Stadt, und von diesem Tag an mangelte es Grace nie mehr an helfenden Händen und den Jungen nicht an Taschengeld.

Joseph lächelte. »Auf den zwei Hektar, die mir bleiben, möchte ich die Größe der Scheune verdreifachen, damit ich in den Wintermonaten darin meine Tischlerarbeiten machen kann. Und wir werden genügend Platz haben, dass Daniel auf Eleanor das Reiten lernen kann, bis ich ihm eines Tages ein eigenes Pferd kaufe. Und vielleicht«, fügte er hinzu, weil er sich einfach hinreißen ließ, »kannst du und Rose –« Was redete er da? Hastig entschuldigte sich Joseph, stand vom Tisch auf und ging aus dem Zimmer.

Als Grace ein kleines Mädchen gewesen war, hatte sie einen Terrier gehabt, der sich genauso verhielt; anstatt seinen tollen Knochen zu teilen oder damit zu prahlen, vergrub er ihn lieber in der Erde.

Im Nebenzimmer konnte Joseph ein bisschen leichter atmen. Die Tintenzeichnungen, die an den Wänden hingen, erregten seine Aufmerksamkeit. Jedes Werk befand sich in einem einfachen gusseisernen Rahmen, jedes war eine perfekte Darstellung des Lebens auf einer Farm. Alle trugen den gleichen Titel: »Das Gute Land«, aber keines war signiert. »Wer hat die gezeichnet?«, rief er zu ihr hinüber.

Grace täuschte Unkenntnis vor und behauptete, sie wüsste es nicht.

Ihre Bescheidenheit rührte ihn sehr. Joseph ging in die Küche und stellte sich neben sie. Freundlich sagte er: »Du weißt, dass sich die meisten Frauen in einem See aus Selbstmitleid ertränkt hätten.« Er meinte natürlich, damals, in der Zeit, als ihr Mann sie verließ.

»Ach, Joe«, antwortete sie unsicher. Selbst ihm wagte sie nicht anzuvertrauen, wie erleichtert sie gewesen war, als ihr Mann sich aus dem Staub machte. Es war ein Segen gewesen. Über Nacht war sie frei, konnte leben und arbeiten und sagen, was sie wollte.

»Er war kein guter Mann«, stellte Joseph mit erstaunlicher Vertraulichkeit fest.

Klar, er war ein gemeiner Kerl, weil er sie sitzengelassen hatte, als sie schwanger war, aber letztendlich hatte ihr Mann ihr mehr gegeben, als er ihr nahm. »Ich habe meine Rose«, antwortete sie, als würde das alles erklären. »Rose ist mein wahrer Schatz. Außerdem, ist es einem Mädchen etwa nicht erlaubt, ein oder zwei falsche Entscheidungen in seinem Leben zu treffen?«

»Ich habe dir nie Vorhaltungen gemacht, Grace. Ich habe immer ihm die Schuld gegeben.«

Von seiner Beschützerhaltung gerührt, sagte sie: »Was geschehen ist, ist geschehen, Joe«, und sie meinte damit ihrer beider Leben. »Was bleibt uns denn anderes übrig, als weiterzumachen?«

Gott spricht unentwegt zu uns.

»Wir könnten machen, was Lots Frau getan hat – einer Salzsäule kann man das Herz nicht brechen«, erklärte Joseph, aber nur halb zum Spaß.

»Die Zeit zurückzudrehen ist keine Lösung, Joe.«

Wir können Gott nicht hören, wenn wir nicht zuhören.

»Ich halte das für eine gute Lösung.« Es war sein früheres Denken, das diese Mauer aus Stein um sein Herz errichtet hatte; und solange er diese nicht abriss, würde sie ihn schützen. »Jedenfalls ist es die sicherste Lösung.«

»Nein, Joe, das ist es nicht.« Ihre Lippen zitterten, aber sie würde nicht in Tränen ausbrechen. Ihre Worte berührten ihn nicht, aber sie sprach sie dennoch aus: »Hör zu, Joe, unsere Vorfahren haben Europa verlassen, um in ein unbekanntes Land zu segeln. Sie konnten es sich nicht leisten, das zu betrauern, was sie zurückgelassen hatten, denn hätten sie das getan, dann wären heute weder du noch ich noch unsere wunderbaren Kinder hier.«

Woher konnte sie wissen, dass Joseph jede Nacht, bei Kerzenschein, Briefe, manchmal eine, manchmal zwei Seiten lang, an Miriam schrieb und sie um Verzeihung bat? Mit ihrem Vorschlag, er solle die Vergangenheit loslassen, riet ihm Grace, etwas Unmögliches zu tun, nämlich Miriam hinter sich zu lassen.

Dass sich Gott so anstrengen muss, unsere Aufmerksamkeit zu wecken, tut mir im Herzen weh, mein Sohn.

»Hmm … vielleicht hast du recht, Grace«, sagte er in dem Bemühen, sie zu beschwichtigen. »Vielleicht ist es Zeit, sich weiterzuentwickeln«, räumte er ein, doch insgeheim suchte er nach einem Vorwand, der die Frau besänftigen würde. Wie konnte er von ihr erwarten, dass sie verstand, was er getan hatte und warum er Miriam niemals würde hinter sich lassen können? »Von jetzt an werde ich meine eigenen Bedürfnisse hintanstellen und nur die Bedürfnisse meiner Kinder berücksichtigen, bis sie erwachsen sind und auf eigenen Füßen stehen.«

Für Grace klang das wie das Opfer eines Heiligen aus früheren Zeiten. Es war ein absurder Vorwand.

»In der Vergangenheit ist es um mein Glück gegangen, in der Zukunft geht es um ihres«, erklärte Joseph, aber die Worte klangen selbst in seinen Ohren falsch.

Grace saß schweigend und mit einem mitfühlenden Lächeln auf ihren geschlossenen Lippen da, während Joseph sich bemühte, sein zerbrechliches Herz zu schützen. Das Gespräch, das sie hätten führen können, hing im Raum. Es war zu früh für dieses Gespräch oder vielleicht bereits zu spät. Das verlegene Schweigen berührte Grace peinlich, deshalb nutzte sie die Zeit, um die schmutzigen Teller vom Tisch zu räumen und ihren Kopf von den frivolen Gedanken zu befreien.

22

Montagmorgen

Wie in Trance hatte Joseph das ganze Wochenende hindurch seinen Haushalt wieder in Ordnung gebracht, bis es am Montagmorgen, als beide Familien auf der Farm der Browns versammelt waren, um auf den Pferdewagen der Mulchs zu warten, endlich sieben Uhr schlug.

Und sieben Uhr ging vorbei.

Genau wie acht Uhr und dann neun.

Daniel, Mary und Rose liefen auf Zehenspitzen herum und flüsterten und waren so gut wie unsichtbar.

Als es schließlich zehn Uhr schlug und noch immer kein Wagen gekommen war, verließ Joseph der Mut. Er malte sich das Schlimmste aus – die Mulchs hatten es einfach vergessen, ihn ausgetrickst, oder es war ihnen doch ganz egal, was aus den Hutchinsons wurde.

Er griff nach seinem Schal und wickelte ihn sich wie eine Schlinge um den Hals, schob die Fäuste in die Ärmel seines Mantels und verließ das Haus der Browns, um allein mit seinen Dämonen fertig zu werden. Er lief und lief durch einen Schneesturm der Gefühle, der ihn blind machte. Joseph wünschte sich wie Maleachi Sicherheit, eine Gewissheit, die er sehen konnte. Die Antworten der Gebetsschatulle führten ihn in die entgegengesetzte Richtung, tiefer hinein ins Unbekannte, wo es keine Zusicherungen gibt.

Wohin er sich auch wandte, überall herrschte Angst, Angst, Angst. Joseph hob einen Stein vom Boden auf und schleuderte ihn gegen den nächsten Baum. War es möglich, ein Hutchinson zu sein, und dennoch nicht in Angst zu leben?

Plötzlich fuhr ein Windstoß durch die kahlen Äste der Bäume, und Joseph klappte seinen Kragen hoch, um sich gegen die Kälte zu schützen. In diesem Augenblick hörte er eine Stimme, die unverkennbar war: Es war Miriams Stimme. Und sie flüsterte: *Joseph, beten heißt zuhören.* Ein Schauer lief ihm über den Rücken, und er erstarrte. Dann holte er tief Luft und hörte einfach hin.

Er hörte zu, als Miriam ihm erklärte, dass Furcht jedem Menschen Angst davor einjagt, was der nächste Tag wohl bringen wird; dass Furcht all unsere Gedanken verfinstern kann; und dass Furcht selbst einen starken Mann schwach machen kann.

Miriam hatte recht. Wie ein Blitz, der plötzlich

den Nachthimmel erhellt, schlug die Wahrheit in Josephs düstere Gedanken ein. Auf einmal erkannte er das Gesicht seines wahren Feindes, und das waren nicht die Mulchs oder sein Pech oder der Fluch der Familie. Es war die Furcht.

Joseph rannte auf schnellstem Wege zu Graces Haus zurück, sprang die Verandastufen hinauf, stieß die Haustür auf und sagte allen, dass sie ihren Mantel anziehen sollten. »Ich muss euch ein Geheimnis anvertrauen, aber ihr dürft keine Fragen stellen. Folgt mir einfach!«

Die Gruppe quetschte sich in den Wagen und fuhr voller Vorfreude zum Hutchinson-Farmhaus, wo Joseph die Haustür öffnete und alle hereinbat. Ohne ein einziges Wort der Erklärung deutete Joseph auf die Gebetsschatulle und rief: »Da!«

Grace und Rose sahen die Holzschatulle, die in einem zitronengelben Sonnenstrahl mitten auf dem Küchentisch stand. »Das ist ein Kästchen«, sagte Rose, offensichtlich enttäuscht.

»Oh, das ist kein gewöhnliches Kästchen, Rose«, stellte Mary schmunzelnd fest.

»Sie wird die Gebetsschatulle genannt«, erklärte Joseph ehrfürchtig.

Grace starrte das Kästchen an und wusste nicht, was sie davon halten sollte. Griff Joseph da nach dem letzten Strohhalm und bezeichnete dieses Kästchen als Gebetsschatulle in der Hoffnung, dass sie seine Gebete erhörte? Sie behielt ihre Skepsis für sich, da sie sah, wie aufgeregt er war.

»Ich erkläre es gleich«, versprach Joseph, »aber eins nach dem anderen. Lasst uns zuerst Feuer machen und einen Becher warmen Apfelmost trinken.«

Rose wollte keinen Apfelmost, sondern bestand darauf, dass sie das Geheimnis hören wollte.

»Warum so eilig?«, fragte Joseph und stellte den Most zum Erhitzen auf die Feuerstelle. Wenn es jemand eilig haben sollte, dann er, da die letzte Frist zur Räumung der Farm näher rückte. So viel zum Versprechen der Mulchs, ihnen die Farm zu lassen.

Nachdem er jedem einen Becher eingeschenkt hatte, nahm sich Joseph die Zeit, den Browns zu erklären, wie sie die Gebetsschatulle und Maleachis Notizbuch auf dem Dachboden entdeckt hatten, sowie die Bedeutung der ersten beiden Geheimnisse. Als er sie soweit ins Bild gesetzt hatte, ohne sie zu überfordern, und die meisten Fragen von Rose beantwortet hatte, schlug er das alte Notizbuch auf und begann vorzulesen ...

Wenn du die ersten beiden Geheimnisse beherzigt hast, hast du inzwischen festgestellt, dass dein Glaube stärker geworden ist, aber auch die Prüfungen deines Glaubens schwieriger geworden sind. Heiße beides willkommen, denn beides sind Zeichen des Fortschritts.

Und das ist das Dritte Geheimnis, mein Sohn: Sobald du dein Gebet in die Schatulle gesteckt hast, ist alles, was du erlebst, Teil der Erhörung dieses Gebets.

Joseph hielt inne, blickte vom Notizbuch auf und sah, dass die Kinder erwartungsvoll den Mund aufgerissen hatten. Als sich sein Blick mit dem von Grace traf, liefen ihre Wangen rot an, und sie drängte ihn: »Bitte, hör nicht auf.«

Ja, das waren Maleachis Worte, aber es war Joseph, der ihnen eine Stimme verlieh. Er war stolz, die Worte vorzulesen.

Begehe nicht den Fehler, den die Menschen immer begehen, wenn sie nur auf Glück und Wohlstand aus sind und alles andere zurückweisen. Wenn man das tut, wird man einseitig, wie ein Karren, der nur auf einer Seite Räder hat.

»Wir müssen von der Natur lernen, in der sich Gegensätze ergänzen«, sagte Großmutter Mary. »Schau, wie problemlos die Natur zwischen Tag und Nacht wechselt, zwischen den Jahreszeiten, und jeder an die Reihe kommt.«

Die Menschheit ist anders. Wir ziehen Gewinne Verlusten und Licht der Dunkelheit vor, und indem wir die eine Hälfte zurückweisen, sind wir nicht mehr in der Lage, unsere erhörten Gebete als Ganzes zu empfangen.

Mein Sohn, bereite dich darauf vor, dass Verlust und Loslassen möglicherweise Teile der Erhörung deines Gebetes sind. Vielleicht ist es nicht sofort erkennbar, wie Versagen zur Blüte führt oder Verluste den Boden für Gewinne bereiten, aber vertraue darauf, dass es so kommt.

Das Dritte Geheimnis ist die größte Glaubensprüfung für dich, und genau an diesem Punkt versagen die meisten Menschen. Deshalb flüsterte mir Großmama Mary bei den wenigen kostbaren Gelegenheiten, wenn wir allein waren, für den Fall, dass ich es vergessen könnte, zu – halb Gebet, halb Ratschlag: »Sei wie ein Ozean, der sich keinem Fluss verweigert.«

»Durch ein offenes Gefäß«, erklärte sie, »fließen die Gebete ungehindert, und der Himmel findet einen Ein- und einen Ausgang, durch den er sich auf der Erde zu erkennen gibt.« Und hier, mein Sohn, sage ich dir, wie das geht:

Das Dritte Geheimnis der Gebetsschatulle:

GEBETE WERDEN ERHÖRT,
WENN DU ALLES WILLKOMMEN HEISST.

Die Gebetsschatulle verwandelte etwas Gewöhnliches in etwas Außergewöhnliches, wie diese normale Küche in eine Kapelle. Stille senkte sich über die kleine nachmittägliche Versammlung um den Tisch.

»Sagt Großmama Mary damit, dass schlimme Dinge passieren werden, Papa?«, fragte Daniel verunsichert.

»Großmutter sagt, dass Veränderungen etwas Natürliches sind, nichts Schlimmes.« Joseph lieferte die richtige Erklärung, war aber selbst keineswegs überzeugt davon.

»Dein Vater hat recht«, meldete sich Grace zu Wort. »Alles verändert sich, Liebes.« Und mit einem flüchtigen Blick in Richtung Joseph fügte sie hinzu: »Das Entscheidende ist, nicht an dem festzuhalten, was früher war.«

»Aber Veränderungen sind schlecht«, rief Mary aus. »Dass Mama gestorben ist, der schlimme Besuch des Mannes von der Bank, dass wir die Farm verlassen müssen.« Grace konnte schwerlich behaupten, dass diese Veränderungen gut waren.

»Manche Veränderungen sind bitter, mein Schatz, sehr bitter«, sagte sie und schlang den Arm um Mary. »Die bitterste von allen ist die, wenn wir einen Menschen verlieren, den wir lieben.«

Sie alle hatten, jeder auf seine Weise, einen Verlust erlitten. In der Stille konnte man die Holzscheite in dem gusseisernen Ofen im vorderen Zimmer knacken hören.

Grace schaute Joseph direkt in die mutlosen Augen und sagte: »Ich denke, das Leben verändert sich ständig, damit wir uns in die Menschen verwandeln können, die Gott aus uns machen wollte.« Dann nahm sie Joseph das Notizbuch aus der Hand und las laut noch einmal jenen Satz vor, den sie für den wichtigsten hielt …

Vielleicht ist es nicht sofort erkennbar, wie … Verluste den Boden für Gewinne bereiten, aber vertraue darauf, dass es so kommt.

Rose wandte sich an Joseph und fragte leise: »Darf ich ein Gebet in die Holzkiste stecken?«

Daniel, Mary und Grace blickten Joseph an.

»Natürlich darfst du das, Rose, und du auch, Grace.« Wie hätte man etwas so Wichtiges wie die Gebetsschatulle nicht mit anderen teilen können?

Da rannte Mary aus dem Zimmer, um Papier, Papas Federkiel und die Tinte zu holen.

»Seit Freitag geht mir ein Gebet im Herzen um, Mama«, gestand Rose. »Schreibst du es für mich auf?«

»Ich muss dich warnen, Rose«, sagte Daniel, »die Gebetsschatulle funktioniert, aber sie muss verschlossen bleiben, damit sie auf Dauer funktioniert.«

»Wenn du das Gebet in das Kästchen steckst und es verschließt, wie kriegst du die Gebete dann wieder heraus?«, wollte Rose wissen.

»Gar nicht«, stellte Mary theatralisch fest. »Du holst sie nie mehr heraus, solange du lebst.«

»Nie mehr?«, fragte Rose.

»Nie, niemals«, wiederholte Mary.

Grace fragte Daniel, warum sie dann kein Schloss hatten.

»Na ja, wir wollen kein einfaches Schloss dafür haben«, antwortete Joseph und warf seinen Kindern ein Lächeln zu. »Wir brauchen ein ganz bestimmtes Schloss.«

»Ich habe in der Küche eine ganze Schublade voller Schlösser. Ich gebe euch gern ein halbes

Dutzend, wenn ihr wollt. Was für ein besonderes Schloss soll es denn sein?«

»Hast du eines aus purem Gold?«, fragte Joseph lachend.

Langsam überzog sich Graces Gesicht mit einem wunderbaren Lächeln. Sie war so schön, wenn sie so aus vollem Herzen lächelte.

»Schon möglich«, antwortete sie, als habe auch sie das eine oder andere Geheimnis. Sie knöpfte die obersten Perlenknöpfe ihres Spitzenkragens auf. Dann schob sie ihren Kragen zurück und gab den Blick auf eine feine Goldkette mit mehreren Anhängern frei. Sie öffnete den Verschluss der Kette und schob ohne viel Aufhebens zwei Anhänger von der Kette. Sie zog Josephs Hand zu sich und ließ die Anhänger in seine große Handfläche fallen. Zärtlich drückte sie die Finger darum zu und legte ihre Hand darauf.

»Die haben meiner Mutter gehört. Sie sagte, das sei ein Symbol, dass ihr Herz und das meines Vaters für immer und ewig miteinander verbunden seien. Sag mir, ist es das, was an eurer Gebetsschatulle fehlt?«

Joseph öffnete die Finger. In seiner Hand lagen ein perfektes winziges Schloss und daneben ein Miniaturschlüssel. Beides war aus purem Gold.

Als Grace Josephs Reaktion auf das Schloss sah, wurde ihr ganz warm ums Herz. Ihre Hand verweilte noch einen Augenblick auf seiner, bis sie sie zurückzog und mit gespielter Begeisterung sowohl das Thema als auch die Stimmung wechselte, indem sie sagte: »Nun, da wir das Schloss haben, Rosie, möchtest du mir dein Gebet ins Ohr flüstern?«

23

Drei Tage später

Als Mary noch ein Kleinkind war, konnte nur ihr Vater sie beruhigen, wenn es Zeit war, ins Bett zu gehen. Das abendliche Ritual bestand darin, dass Joseph ihr zwei Geschichten vorlas, immer die gleichen Geschichten. Nach dreißig Abenden konnte er sie beide auswendig.

Und so war es auch mit dem Dritten Geheimnis. Montag, Dienstag und Mittwoch las Joseph das Dritte Geheimnis noch einmal durch, als sie ihre Habseligkeiten in der Scheune zusammenpackten.

Dein Gebet wird erhört, wenn du alles willkommen heißt.

Mit vereinten Kräften räumten Joseph und seine Kinder das Haus leer. Früher geliebte Habseligkeiten hatten für ihn inzwischen keinerlei Bedeutung mehr.

Wiederholt schlug in seinem Leben das Schicksal gnadenlos zu. Aber wie eine Katze, die neun Leben hat, rappelte sich Joseph immer wieder auf. Was blieb ihm auch anderes übrig?

Vertraue darauf, dass Verluste den Boden für Gewinne bereiten.

Hatten die Mulchs ihn nur benutzt, um ihr Gewissen reinzuwaschen? Hatten sie sich absichtlich grausam verhalten? Da nur noch so wenig Zeit blieb, bis er die Farm verlassen musste, spielten die Mulchs keine Rolle mehr. Was aber eine Rolle spielte, war die unbestrittene Tatsache, dass Joseph keine Möglichkeit mehr hatte, seine beiden Kinder zu ernähren.

Heiße alles willkommen.

Am späten Nachmittag saß Joseph am Küchentisch und schrieb einen Brief. Darin bat er schriftlich um einen Gefallen, um den von Angesicht zu Angesicht zu bitten er nicht den Mut aufbrachte.

»Bis zum Frühjahr«, schrieb Joseph in seiner schönsten Handschrift, »habe ich bestimmt eine Anstellung gefunden, die es mir ermöglicht, meine Kinder wieder zu mir zu holen. Ich weiß, dass es ein großer Gefallen ist, um den ich dich bitte, nämlich Daniel und Mary in deine Obhut zu nehmen. Aber ich bitte dich ihretwegen, nicht meinetwegen. Ich werde für immer in deiner Schuld stehen, Joseph Hutchinson.«

Er wusste, dass das von Grace zu viel verlangt war, aber an wen hätte er sich sonst wenden können?

Obwohl es unmöglich zu sein schien, dass zwei gegensätzliche Stimmungen gleichzeitig vorherrschen konnten, schrieb Joseph diesen herzzerreißenden Brief an Grace, während er zugleich von einer Zuversicht erfüllt war, die, bis jetzt jedenfalls, völlig unbegründet war. Irgendwie hatte die Gebetsschatulle in Joseph die Überzeugung geweckt, dass sich im nächsten Augenblick etwas ergeben könnte, etwas Unerwartetes und sogar Wunderbares. Das ist die geheimnisvolle Macht des Glaubens: ein Glaube an Dinge, die man noch nicht sieht.

Das Abendessen fand in bemerkenswert heiterer Stimmung statt. Sie saßen in dem leeren Gerippe, das einmal ihr vorderes Zimmer gewesen war, und zwar um sechs zusammengestellte Kisten herum, die als Esstisch dienten, und jeder nutzte seine eigene Kiste als Stuhl. Das war die Idee der Kinder gewesen.

»Warum sollen wir nicht auf Kisten im falschen Zimmer essen?«, fragte Joseph lachend, »wo wir uns doch in Kürze zu einem noch größeren Abenteuer aufmachen?«

Dass er es als *Abenteuer* bezeichnete und nicht als das, was es allem Anschein nach war, nämlich eine *Tragödie*, sprach Bände.

Sie hatten ihr Essen, in dessen Verlauf sie über die Möglichkeit diskutierten, ein zweites Gebet in die Gebetsschatulle zu stecken, schon fast beendet, als sie hörten, dass sich ein Pferd mit Kutsche dem Haus näherte. Um sechs Uhr abends kam nur dann unangemeldeter Besuch, wenn er schlechte Nachrichten mitbrachte. Die Hutchinsons wappneten sich. Alle drei gingen, sich an den Händen haltend, zur Tür.

Es waren die Mulchs.

Und wieder überkamen sie unausgesprochene gemischte Gefühle. Als Familienoberhaupt fühlte Joseph sich verpflichtet, höflich zu sein und sie ins vordere Zimmer zu bitten. Er entschuldigte sich nicht, dass er seinen Gästen als Sitzgelegenheit lediglich Kisten anbieten konnte. Charlie und Daisy hatten ihn schon einmal zum Narren gehalten und ihm eine als Oase erscheinende Fata Morgana angeboten. Ein weniger edler Mensch hätte jetzt vielleicht Rache geübt, aber Joseph gab sich damit zufrieden, darauf zu achten, dass es nicht ein zweites Mal dazu kommen würde.

Er sah zu, wie seine unliebsamen Besucher Platz nahmen, und dann bemerkte er ihren gesenkten Blick und dass Charlie aussah, als habe er die letzte Nacht in ebendiesen Kleidern geschlafen. Beide machten einen äußerst niedergeschlagenen Eindruck. Jetzt empfand Joseph Mitleid mit ihnen, nicht Wut.

»Sie müssen uns für bösartige Menschen halten, Mr. Hutchinson«, hob Daisy an, »und ich kann mir gar nicht ausmalen, was Sie am Montagmorgen empfunden haben, als unsere Kutsche nicht gekommen ist, um Sie wie versprochen abzuholen.« Sie wartete nicht auf eine Antwort.

»Wir sind heute Abend nicht gekommen, um uns zu entschuldigen, sondern um es zu erklären. Wenn Sie wissen, welche Umstände uns aufgehalten haben, dann werden Sie begreifen, dass keine Entschuldigung nötig ist.«

»Am Montagmorgen«, fuhr sie fort, »hat unser Kutscher auf dem Weg zu Ihrer Farm bei der Fahrt durch die Stadt versehentlich ein neun Jahre altes Mädchen umgefahren. Sie war schwer verletzt, und wir haben sie zu uns nach Hause gebracht und seitdem an ihrem Bett gewacht. Ich war tagsüber bei ihr, Charlie in der Nacht.«

Jetzt liefen Daisy Tränen über die Wangen. »Der Arzt meint, in diesem Fall würden Gebete mehr helfen als die Medizin. Aber um ehrlich zu sein, das scheint nur seine Art und Weise zu sein, zum Ausdruck zu bringen, dass er nicht an ihre Genesung glaubt.«

Alles, was geschieht, ist Teil der Erhörung deines Gebets.

»Heute hat sich die erste Gelegenheit ergeben, das Haus zu verlassen und Ihnen mitzuteilen, was passiert ist.«

Mitfühlend fragte Joseph: »Wie heißt sie?«

»Sarah«, stöhnte Charlie. Das war das erste Wort, das er sagte, seit er das Haus betreten hatte.

Mary ergriff Daisys Hand und drückte sie zuversichtlich. »Können wir sie besuchen, Mrs. Mulch?«

»Ich bin sicher, dass Sarah sich freuen würde«, antwortete Daisy, und es gelang ihr, zaghaft zu lächeln.

»Ganz bestimmt«, versicherte Charlie und nickte. »Ihre Eltern sind vor ein paar Jahren, als diese Krankheit umging, gestorben. Die Tante, die sich um sie kümmert, hat so wenig Geld, kaum genug zum Leben, von einem Arzt ganz zu schweigen, deshalb hat Daisy darauf bestanden, dass wir sie bei uns aufnehmen und für sie sorgen.«

»Sind Sie böse auf den Kutscher?«, wollte Daniel wissen.

»Jonah macht sich größere Vorwürfe als wir, obwohl es gar nicht seine Schuld war. Sarah ist hinter einem Hündchen hergerannt, das ihr entwischt ist«, erklärte Daisy. »Sie ist ihm urplötzlich vor die Kutsche gelaufen.«

Im Vergleich zu Jonahs Problemen wirkten die von Daniel unbedeutend.

»Es war ein Unfall, aber der hätte sie das Leben kosten können«, fügte Daisy hinzu. »Und dass wir dafür verantwortlich sind, hat mich beinahe umgebracht.«

»Sie haben ja keine Ahnung, wie kinderlieb meine Frau ist. Sie behandelt jedes Kind, als wäre es ihr eigenes«, fühlte sich Charlie bemüßigt zu erklären.

»Der Arzt hat uns aus dem Haus geschickt, damit wir nicht noch krank werden vor Sorge«, fügte Daisy hinzu.

Wie ein Kindervers ging Joseph der erste Satz aus dem Notizbuch durch den Kopf. *Bring deine Gebete zur Gebetsschatulle, mein Sohn, dann wird nach und nach alles, worum du bittest, in Erfüllung gehen.*

»Wir haben natürlich die Absicht, unser Versprechen einzuhalten«, sagte Charlie, »und Ihnen den Lohn für diese Woche auszuzahlen.«

Aber Joseph hatte kein Wort dieses letzten Satzes gehört, weil er in die Küche gegangen war und nun mit der Gebetsschatulle in der Hand zurückkam.

»Ach … die Schatulle«, stellte Charlie ein wenig unsicher fest.

Joseph hatte den Eindruck, die Gebetsschatulle habe einen Zweck, der über die Hutchinsons hinausreichte, einer, der keineswegs geheim gehalten werden sollte.

»Diese Schatulle ist etwas Besonderes. Eine schöne Arbeit.« Charlie streckte die Hand aus, um sie vorsichtig zu berühren.

Wie ein Stein, der in einen stillen See geworfen wird und immer größere Kreise hervorruft – wer konnte schon sagen, für wie viele Familien die Gebetsschatulle gedacht war? Ohne große Umschweife erzählte Joseph die ganze Geschichte der Gebetsschatulle und Maleachis geheimer Aufzeichnungen in dem Notizbuch.

Als er fertig war, sagte Charlie: »Nun, das ist sehr interessant. Ich muss sagen, dass ich mir nicht ganz sicher bin, was ich davon halten soll, Mr. Hutchinson.«

Daisy dagegen konnte an nichts anderes denken, als daran, ob Joseph ihr wohl erlauben würde, sie für ein persönliches Gebet zu nutzen.

»Wie alt ist Sarah?«, fragte Mary Daisy. »Und woher kommt sie? Hat sie Freundinnen? Und wo ist ihr kleiner Hund jetzt?«

Daisy wusste, was Kinderherzen bewegt. Deshalb beantwortete sie die wichtigste Frage zuerst: »Ihr Hündchen heißt Otis, und er sitzt jetzt auf ihrem Bett, liebkost sie, leckt ihr das Gesicht und hofft, dass es ihr bald wieder besser geht. Ach, er hat sie so lieb, dass er nicht einmal zum Fressen von ihrer Seite weicht. Wir müssen ihm seinen Futternapf auf den Quilt stellen.«

Mary sagte, wie sehr sie sich wünsche, ihn kennenzulernen. Joseph war in diesem Punkt streng und gestattete keine Tiere im Haus, aber vielleicht würde sie ihn überreden können, dass sie Otis sehen durfte.

Daniel schlich sich aus dem Zimmer und kam mit einem Geschenk für Mr. und Mrs. Mulch zurück. »Hier«, sagte er und reichte jedem ein Blatt Papier sowie den Federkiel und die Tinte, »schreiben Sie Ihr Gebet auf. Papa erlaubt bestimmt, dass Sie es in die Gebetsschatulle stecken.«

Charlies Herz bewegte in dieser Woche nur ein einziger Wunsch: Mach Sarah wieder gesund. Bis zu dem Unfall hatten sie einen anderen Wunsch gehabt – ein Kind, ein eigenes Kind. Aber jetzt dachten sie nur noch an Sarah.

Die Hutchinsons saßen schweigend da, während die Mulchs schrieben. Mary sagte ihnen, dass sie das Gebet küssen könnten, bevor sie es in die Schatulle steckten; doch Daniel merkte an, dass ihr Gebet deshalb nicht schneller erhört würde. So unsicher Charlie hinsichtlich der Gebetsschatulle auch sein mochte, er war sich sicher, wie sein Gebet lautete, deshalb musste Daisy ihn nicht lange drängen, bis er zur Feder griff und schrieb.

Joseph fasste die drei Geheimnisse so gut er konnte zusammen, damit sie verstanden, wie die Schatulle in ihrem Sinne wirkte. Er erklärte, dass die Erhörung der Gebete durch den Menschen selbst bewirkt wird, nicht einfach zu ihm kommt. Joseph wartete, bis sich das gesetzt hatte, denn obwohl es ganz simpel klang, war es doch das Gegenteil dessen, was man landläufig in Sachen Gebete glaubt. Dann erklärte er, dass Gebete nur erhört werden, wenn man auf Gott hört, nicht wenn man selbst unentwegt spricht. Joseph hoffte, die Mulchs würden das nicht als Beleidigung auffassen – manche Leute konnten ja sehr hartnäckig an ihren Vorstellungen festhalten. »Das Schwierigste ist das Dritte Geheimnis, weil die Erhörung Ihres Gebets vielleicht ganz anders ausfällt, als Sie es sich ausgemalt haben. Sie müssen dennoch alles, was geschieht, willkommen heißen, weil alles, was geschieht, ein untrennbarer Teil der Erhörung durch den Himmel ist.« Ohne Großmutter Marys spirituelle Weisheit beziehungsweise ihre genaue Erklärung, dafür aber mit seinen eigenen schlichten Worten trug Joseph das große Geheimnis der Erhörung der Gebete vor.

Charlie hielt das Papier eine ganze Minute in der Hand und hoffte, es mit dem ganzen Verlangen seines Herzens zu durchdringen, bevor er es schließlich losließ. Daisy tat, was Mary vorgeschlagen hatte, und küsste ihr Blatt Papier, bevor sie es in das Holzkistchen steckte.

Dann holte Daisy, als habe das Erlebnis sie irgendwie erfrischt, tief Luft, öffnete ihre Handtasche und legte sechs Geldscheine vor Joseph auf den Tisch. »Ihr erster Wochenlohn. Im Voraus. In bar.«

24

Hätte Joseph sich in der Wüste verlaufen und wäre ihm gerade ein Schluck Wasser angeboten worden – seine Dankbarkeit hätte nicht größer sein können. Das war mehr Geld, als er seit langer, langer Zeit gesehen hatte.

Charlie, ganz der Geschäftsmann, machte Joseph ein Angebot. »Wir wollen es mal so sagen, dass wir ab heute für ein Jahr eine Vereinbarung haben und Sie alle anfallenden Zimmererarbeiten übernehmen.«

Begeistert schüttelte Joseph Charlie die Hand. Es war mehr als eine Abmachung, mehr als ein Versprechen – es war ein Rettungsanker, der ihm vom Himmel geschickt wurde. Für Joseph und seine Familie war dieser Betrag ein kleines Vermögen.

Als schäme er sich plötzlich, Sarah so lange

allein zu lassen, stand Charlie auf und sagte zu Daisy: »Wir müssen zurück.«

»Warten Sie«, sagte Mary und rannte in ihr Schlafzimmer hinauf. »Gehen Sie noch nicht.«

Sie hörten ihr enttäuschtes Stöhnen, als sie ihre zwei vollgepackten Kisten durchkramte. Als Mary gefunden hatte, wonach sie suchte, rannte sie die Treppe hinunter auf Daisy zu und gab ihr ein außergewöhnlich schönes Spielzeugpferdchen, das aus honigfarbenem Holz geschnitzt war.

»Ich habe dem Pferd den Namen Winnie gegeben«, sagte sie stolz. »Es ist mein Lieblingspferd.«

»Mary, ob du es glaubst oder nicht, ich habe die ganze Woche das Haus nach einem Spielzeug für Sarah durchsucht, und konnte nichts finden«, vertraute Daisy ihr an. Vor Jahren hatten sie und Charlie bereits ein Zimmer eingerichtet für den Tag, an dem sie ein kleines Mädchen bekommen würden, aber damals hatte man es als schlechtes Omen betrachtet, vor der Geburt eines Kindes irgendwelche Spielsachen zu kaufen. »Vielen Dank, liebe Mary, und sei unbesorgt, wir werden gut darauf aufpassen«, sagte Daisy und drückte sich das Spielzeug an die Brust, so wie sie es mit einem Kind machen würde.

»Das sollten Sie auch«, stellte Daniel freundlich fest, »weil mein Papa es geschnitzt hat.« Und damit rannte er aus dem Zimmer und die Treppe hinauf. Im Handumdrehen kam er mit einem Arm voller Holzspielsachen zurück. Er ließ sie vor Mrs.

Mulch auf den Boden fallen und grinste übers ganze Gesicht.

»Du meine Güte!«, war alles, was Charlie herausbrachte. Er ging in die Hocke und begutachtete jedes Spielzeug eingehend und staunte wieder über Josephs großes handwerkliches Geschick: ein Pferd, eine Kuh, ein Schwein, eine winzige Scheune, eine Kutsche mit Rädern, die sich sogar drehten.

Daniels Lieblingsspielzeug befand sich nicht in diesem Haufen. Der tanzende Soldat war ihm zu kostbar. Er wunderte sich über die Tatsache, dass Mary so großzügig sein konnte. Das war ein Wesenszug, den er an ihr noch nie bemerkt hatte.

»Joseph, könnten Sie für Sarah solche Spielsachen machen?«, fragte Charlie.

»Papa braucht keine neuen zu machen«, erklärte Daniel. »Sie kann diese hier haben.«

Und Mary fügte hinzu: »Sie braucht so viel Liebe, wie sie nur kriegen kann.«

25

Am selben Abend

Jeden Abend saß Charlie an Sarahs Bett, während sie hin und wieder zu Bewusstsein kam. Er konnte nicht aufhören, sich Gedanken über ihr ärmliches Leben zu machen. Dem Mädchen fehlte es nicht nur an Spielsachen, sondern auch an Essen, an Kleidern und an einem richtigen Dach über dem Kopf; alles, was im Leben wichtig war, war für sie unerreichbar. Durch Gespräche mit Sarahs Tante, Miss Alva, ihrem Vormund, erfuhr er, was für eine tapfere Frau sie war, dass sie die Vormundschaft für ihre Nichte übernommen hatte, obwohl sie selbst nur erbärmlich wenig Geld hatte. Mit ihrer Arbeit, dem Putzen in Geschäften in der Stadt nach Ladenschluss, verdiente sie so gut wie gar nichts.

Charlie grübelte hin und her und überlegte, wie er ihr Leid lindern konnte. Vielleicht war der

Unfall passiert, um Sarah und ihre Tante in sein Leben zu führen? Er lud Sarahs ledige Tante für ein offenes Gespräch in sein Büro ein. Charlie, der kein Freund belanglosen Geplauders war, sagte ganz unverblümt: »Miss Alva, was würden Sie davon halten, wenn Daisy und ich Sarah adoptieren würden?«

Das Angebot machte sie sprachlos. Alva hätte der Tochter ihrer Schwester alles gegeben, was sie besaß – aber schon im Winter würde sie kaum mehr genügend Geld für sich selbst haben. Ein bisschen Brot und eine Kartoffel reichten ihr fürs Abendessen; Suppen bereitete sie aus ganz wenigen Zutaten zu. Alva wusste, dass sie als Vormund nicht geeignet war, aber Sarah hatte zumindest einen Vormund. Wie vielen verwaisten Kindern, die unbeaufsichtigt auf der Straße lebten, begegnete sie Tag für Tag nach Einbruch der Dunkelheit? Sie hatte sich geschworen, dass ihre Nichte dieses Schicksal nicht ereilen würde, auch wenn ihr nur noch ein einziger Penny zum Teilen blieb.

»Sie brauchen natürlich Zeit, sich das zu überlegen«, sagte Charlie freundlich und verbarg, wie gerne er die Sache hier auf der Stelle geregelt hätte.

Es gab keinen Abend, an dem Alva nicht von der Sorge getrieben, wie lange sie sich noch um Sarah würde kümmern können, von Geschäft zu Geschäft ging, um dort die Böden zu wischen. Weil es sie peinlich berührte, ihre Bereitwilligkeit, sein Angebot anzunehmen, zu erkennen zu geben, antwortete Tante Alva ganz ruhig: »Ich muss überlegen, was für Sarah das Beste ist.«

Charlie verstand Alvas Zurückhaltung fälschlicherweise als Ablehnung, was sogleich den Geschäftsmann in ihm ansprach. »Wenn wir Sarah offiziell adoptiert haben, sollten Sie sich frei fühlen, sie jederzeit zu besuchen, wenn Sie wollen. Und wenn Ihnen in den Ferien danach ist, können Sie in dem Gästezimmer wohnen, das wir bald anbauen werden. Bleiben Sie, solange Sie wollen.«

Alva, von seinem großzügigen Vorschlag fast zu Tränen gerührt, brachte keinen Ton heraus.

Charlie konnte sehen, dass sein Wunsch, der Frau ihre Nichte wegzunehmen, ihr fast das Herz brach. Deshalb stockte er sein Angebot noch weiter auf. »Ich kann Ihnen zudem zusichern, dass Daisy und ich planen, Ihnen jedes Jahr eine beträchtliche Summe zu geben, um Sie bei der Deckung Ihrer Lebenshaltungskosten zu unterstützen.«

Um ehrlich zu sein, Alva hatte gerade noch so viele Pennys in der Tasche, wie in eine Hand passen. Damit war klar, wie nahe sie und Sarah vor der Obdachlosigkeit standen.

Ihr Schweigen setzte Charlie zu. Er wusste nicht, was er der Frau sonst noch anbieten konnte, deshalb blieb er hartnäckig. »In einem Punkt lasse ich jedoch nicht mit mir verhandeln«, fügte er hinzu. »Sarah wird meinen Namen annehmen. Sie wird als meine Tochter aufwachsen. Sie wird mich mit Vater und Daisy mit Mutter ansprechen.«

Wie konnte Alva etwas sagen, wo doch ein einziges Wort einem unaufhaltsamen Tränenstrom die Schleusentore öffnen würde? Tränen der Dankbarkeit. Erschöpfung. Erleichterung.

Als Geschäftsmann kam Charlie nicht weiter, deshalb entschied er sich für eine andere Taktik: Er ließ seine Maske fallen und erzählte ihr, was er fühlte. »Das würde uns alles bedeuten, Miss Alva«, sagte er leise. »Wir erwarten nicht, den Platz von Sarahs Eltern einzunehmen, aber Sie können versichert sein, dass wir ihr ein Leben voller Liebe und Wohlstand bieten werden, so dass es ihr *und Ihnen* an nichts fehlen wird.«

Sie musste endlich etwas sagen. »Mr. Mulch –«

»Um ehrlich zu sein«, unterbrach er sie, weil er noch nicht bereit war, sich ihren Einwänden zu stellen, »für meine Frau, Daisy, wäre es ein Segen, und auch für mich. Mehr als Sie sich vorstellen können.«

»Mr. Mulch, Sie wissen ja gar nicht –«

»Sie müssen sich nicht gedrängt fühlen, sich hier und jetzt zu entscheiden. Schlafen Sie eine Nacht darüber. Lassen Sie sich eine Woche Zeit, wenn Sie die brauchen.«

»Mr. Mulch«, sagte sie, beugte sich zu ihm vor und legte den Zeigefinger sanft über seinen Mund. »Pst ... Ich versuche die ganze Zeit, Ihnen zu sagen, dass ich mit Ihrem Angebot einverstanden bin. Wie Sie sehen, kann ich Sarah nichts anderes bieten als die Blutsverwandtschaft, die uns verbindet.« Alva wusste, dass dieser Mann kein Dummkopf war – er sah schließlich ihre verschrammten Schuhe und Sarahs fadenscheinige Kleider. Die meisten Männer in seiner Position hätten die Lage sofort ausgenutzt, aber Mr. Mulch hatte sie von Anfang an respektvoll behandelt. Wie Daisy sah auch Alva durch die rauhe Schale des Bankiers hindurch und erkannte, wie gut der Mann im Grunde seines Herzens war.

»Sarah Mulch.« Charlie sprach die Wörter aus, als handele es sich um den ersten Vers eines Gedichts.

»Sarah Mulch«, wiederholte Alva, weil sie wusste, wie sehr sich Mr. Mulch freuen würde, sie das sagen zu hören. »Das hat einen musikalischen Klang …«

Er sagte es wieder, doch dieses Mal mit Singsang in der Stimme. »Sarah Mulch, Sarah Mulch, Sarah Mulch.« Gemeinsam sangen sie ihren Namen wieder und wieder mit verschiedenen Melodien, als handele es sich um einen Liedtext, bis sie schließlich nicht anders konnten und loskicherten.

In diese fröhliche und vertraute Szene platzte Daisy herein, und für ein paar Sekunden wurden ihre Wangen vor Eifersucht glühend rot.

Als Charlie ihr schließlich erklärt hatte, welche Wendung die Sache nahm, brach sie in Tränen aus, umarmte Tante Alva und küsste ihr die Hände, als sei sie ein Engel, der auf die Erde herabgekommen war.

Dennoch blieb die Sorge um Sarah, deren Zustand sich nicht verbessert hatte. Genau genommen hatte er sich seit Montag, als ihr kleiner Körper niedergetrampelt wurde, sogar verschlechtert.

Die Pläne für ihr Wohlergehen waren gemacht, aber alles hing davon ab, ob sie wieder gesund würde.

Schenkte man dem Doktor Glauben, so waren die Chancen äußerst gering.

26

Am nächsten Morgen

Erstaunlicherweise kehrten Charlie und Daisy am nächsten Morgen zu den Hutchinsons zurück, und schon nach wenigen Minuten redeten alle durcheinander. Daniel und Mary fragten Daisy, wann sie Sarah besuchen könnten. Mary fragte Daisy, ob Sarah das Spielzeugpferdchen gefallen hatte. Joseph fragte Daisy, ob Sarah die Spielsachen gefallen hatten, die er für Daniel geschnitzt hatte. Daisy fragte Joseph, ob sie davon ausgehen könne, dass Mary und Daniel sie am nächsten Sonntag besuchen würden.

»Sagen Sie mir, welche Spielsachen ich für Sarah machen soll«, beharrte Joseph, denn in Wahrheit war das die dringlichste Frage von allen.

Das war für Daniel und Mary das Stichwort, aus dem Zimmer zu gehen, solange Papa über Geschäftliches redete. Aber es dauerte nicht lange, da verloren sie das Interesse, von der Küche aus heimlich zu lauschen, und sie kehrten bald ins vordere Zimmer zurück. Es war schließlich von Spielsachen die Rede, und wer war auf diesem Gebiet wohl mehr Experte als sie?

»Was würde einem Mädchen wie Sarah denn gefallen?«, fragte Charlie Joseph.

Mary lachte, dass zwei erwachsene Männer zu verstehen versuchten, was nur ein Mädchen wissen konnte. »Babypuppen«, rief Mary angesichts so viel Dummheit aus. »Alle kleinen Mädchen lieben ihre Babypuppen. Ein Püppchen, das sie lieb haben und für das sie selbst sorgen können.«

»Natürlich, Mary hat recht«, stimmte Daisy zu und machte Mary ein Zeichen, sich auf ihren Schoß zu setzen, »und mit den Püppchen gehen alle anderen Sachen einher, die man dafür braucht, wie zum Beispiel einen Puppenwagen –«

»Und eine Kutsche mit Pferden und ein Puppenhaus mit kleinen Zimmern, in denen es schlafen und essen kann«, verkündete Mary, als präsentiere sie hier ihre eigene Wunschliste.

Daniel kehrte in die Küche zurück. Das Gerede über Puppen wollte er sich nicht länger anhören.

»Und kleine Teller, von denen es essen kann, und ein kleiner Herd und Betten, genau wie in einem richtigen Haus, nur kleiner.« Daisy versuchte, mit Marys Phantasie Schritt zu halten, aber es gelang ihr nicht. Sie kramte ein Notizbuch aus ihrer Tasche hervor und forderte Mary auf, ihre

Ideen eine nach der anderen zu wiederholen. Sie schrieb für Joseph eine Liste, und reichte sie ihm, als sie fertig war. »Ich möchte, dass Sie das alles für Sarah machen.«

Dann rief Charlie Daniel herein und fragte ihn, welche Spielsachen ihm denn gefielen.

»Sarah ist ein Mädchen. Sie wird keine Spielsachen für Jungs haben wollen.«

»Man kann nie wissen, Daniel. Manche Mädchen spielen gern mit Sachen, die eher für einen Jungen als für ein Mädchen gedacht sind. Ich kenne sie noch nicht genug, um das zu wissen. Aber warum sagst du mir nicht, was du magst, nur für den Fall?«

»Ich hätte gerne eine Steinschleuder und ein Spielzeuggewehr, wie das, mit dem mein Papa auf die Jagd geht, aber kein echtes. Ich mag auch Klötze, mit denen man etwas bauen kann; ganz viele, damit ich Häuser und Brücken und sogar eine ganze Stadt bauen kann, wenn ich will.«

Daisy schrieb für Joseph Daniels Spielzeugliste auf ein frisches Blatt Papier.

Die beiden Listen brachten Charlie auf eine Idee. Auf eine phantastische Idee. Charlie Mulch wäre in der Bank nicht zum Direktor aufgestiegen, wäre er nicht zu hohen Gedankenflügen fähig. Vorläufig verriet er jedoch nichts, bis er sich über die Sache selbst Klarheit verschafft hatte.

Er gab Joseph ein paar Anweisungen. »Fangen Sie mit einer Puppe an, einem Puppenwagen, einem Gewehr und einem Set Bauklötze für eine Stadt. Damit sollte Sarah eine Weile beschäftigt sein.« Als Sarahs Name fiel, verspürte er einen Anflug von Schuldgefühlen, dass er nicht bei ihr war. »Komm, Daisy.«

»Dürfen wir Ihnen und den Kindern am Sonntagvormittag die Kutsche vorbeischicken?«

»Natürlich dürfen Sie das«, antwortete Mary anstelle ihres Vaters und war erleichtert, dass es nur noch zwei Tage bis Sonntag waren. »Ich kann es gar nicht erwarten, Otis kennenzulernen ... und Sarah.«

❋

Kaum war die Tür hinter den Mulchs geschlossen, da verkündete Daniel, dass sie alle unverzüglich ein neues Gebet aufschreiben müssten.

»Ein zweites, mein Sohn? Wieso denn in aller Welt?«

»Mein erstes Gebet ist gestern Abend erhört worden, Papa, und Marys ebenfalls.«

Ohne seinen Kindern zu erzählen, wie sein Gebet gelautet hatte, pflichtete Joseph ihm bei, dass auch sein Gebet erhört wurde. »Aber warum müssen wir ein neues schreiben?«, fragte er.

»Warum nicht?«, wollte Daniel wissen.

»Ja«, meldete sich Mary zu Wort, »dann bleibt die Gebetsschatulle in der Übung, Gebete zu erhören.«

»Papa, hast du denn gar keine Wünsche mehr übrig?«, fragte Daniel reichlich dumm.

»Keinem Menschen gehen die Wünsche aus, wenn er weiß, dass sie erfüllt werden«, antwortete Mary anstelle ihres Vaters.

Und so wurde es beschlossen. Sie setzten sich alle an den Küchentisch und zückten den Federkiel und ihre kleinen Papierstreifen.

Sämtliche Spielsachen, die die Kinder den Mulchs genannt hatten, waren Dinge, die Joseph ihnen angefertigt hatte, als sie selbst fast noch Babys waren. Joseph hatte schon vor langer Zeit aufgehört, ihnen Spielzeug zu machen. Mama hatte erklärt, dass Papa so viel arbeiten müsse, dass er keine Zeit mehr dafür habe. Aber neue Spielsachen wären so etwas Besonderes, dass sie allein bei dem Gedanken ganz kribbelig wurden.

Daniel juckte es in den Fingern, nur ein einziges Wort zu schreiben: »Spielsachen«.

Marys Wunsch bestand aus drei Wörtern, obwohl sie um das Gleiche bat: »Eine Menge Spielsachen.«

Joseph war unfähig, etwas zu schreiben. Was konnte er sich außer dem Wohlergehen seiner Kinder denn wünschen? Ehrlich, er wusste es nicht. »Ich muss erst darüber schlafen«, gestand er.

»Dir fällt gar nichts ein, was du dir wünschen willst, Papa?«

»So einfach ist das nicht, Mary. Erinnerst du dich, was Maleachi gesagt hat? Worum immer du betest, muss durch dich kommen, bevor es dir erfüllt werden kann.«

Mary pflichtete ihm bei, obwohl sie keine Ahnung hatte, wie Spielsachen durch sie kommen konnten. Aber sie hätte allem zugestimmt, wenn sie nur ein weiteres Gebet in die hübsche Schatulle stecken konnte.

27

Am nächsten Tag

Joseph erwachte früh. Er hüllte sich in mehrere Kleiderschichten, verließ leise das Farmhaus und trotzte den eisigen Temperaturen in seiner Scheune. Egal. Es lohnte sich für Graces Gesichtsausdruck, wenn sie erst bestaunte, was Joseph für sie gemacht hatte.

Erst im Laufe des Nachmittags kehrte er ins Farmhaus zurück. »Wir werden den Browns einen Besuch abstatten«, verkündete er den Kindern und hielt einen Leinensack in die Höhe, der oben mit einem Stück Schnur zugebunden war. »Ich möchte, dass ihr in zwanzig Minuten angezogen und fertig seid.«

Sie bettelten, dass er ihnen verriet, was in dem Sack war, aber das tat er natürlich nicht. »Ihr wisst genau, dass ihr beide kein Geheimnis für euch behalten könnt. Ihr werdet es herausfinden, wenn ich es Mrs. Brown zeige. Schnell, geht nach oben und zieht euch eure guten Sachen an.«

Die guten Sachen mussten zuerst aus den Kisten gekramt werden, die sie gerade erst an diesem Vormittag auszupacken begonnen hatten. Jedes Kleidungsstück, das Daniel und Mary herauszogen, war bis zur Unkenntlichkeit zerknittert. Als sie sich schließlich Joseph präsentierten, brachte er nur hervor: »Na ja, zumindest seid ihr halbwegs sauber.«

Sie spazierten zu Graces Farm und nannten im Vorbeigehen die Namen der Bäume, ein Spiel, das sich Joseph ausgedacht hatte, um die Kinder abzulenken, damit sie nicht ständig daran dachten, wie kalt es war. Sie zählten sechsundvierzig Bäume. Bevor es Farmen beziehungsweise Siedler gegeben hatte, die die Farmen anlegten, war hier nur Wald gewesen. Es hätte gut und gern zehnmal so viele Bäume geben können als diese sechsundvierzig.

Schon bald klopften sie an Graces Tür, und sie bat sie herein. Joseph fragte sich, wie es wohl kam, dass allem Anschein nach immer ein frisches Feuer in ihrem Ofen knisterte und sie gerade ein frisches Brot gebacken hatte, wenn sie kamen.

Rose tanzte mit Daniel und Mary hocherfreut über ihr wundersames, unerwartetes Auftauchen im Zimmer herum. Grace war ebenso erfreut, aber anstatt herumzutanzen, setzte sie Wasser auf und holte frisch gestampfte Butter und Maismuffins.

Als schließlich alle am Tisch Platz genommen

hatten, zog Joseph den geheimnisvollen Sack unter seinem Stuhl hervor und reichte ihn Grace.

»Was ist da drin, Joe?«, fragte sie und nahm den Leinensack hastig an sich. »Pastinaken? Kartoffeln? Alte Schuhe?«

»Wart's erst mal ab«, neckte er sie.

»Du brauchst kein schlechtes Gefühl zu haben, Mrs. Brown«, sagte Mary aus Mitleid mit ihr. »Das sagt Papa immer.«

Rose griff nach dem großen Sack und schrie mitleiderregend: »Bitte.« Um sich eine Szene mit ihrer eigenwilligen rothaarigen Tochter zu ersparen, überließ ihr Grace den Sack. Rose legte ihn auf den Boden und versuchte verzweifelt, den schwierigen Knoten in der Schnur aufzubekommen.

»Weißt du, Rose, ich habe die Knoten gemacht, deshalb weiß ich, wie man sie aufkriegt.«

»Nein, nein, nein.« Sie lehnte sämtliche Hilfsangebote von Joseph und den anderen ab. Hilfe anzunehmen war gleichbedeutend mit dem Eingeständnis einer Niederlage. Rose kämpfte still weiter.

Daniel hätte den Sack inzwischen mit den bloßen Händen aufgerissen und Mary hätte sich ein Messer geholt und die Schnur aufgeschnitten. Aber sie waren Gäste in Roses Haus, und sie ließen Rose gewähren, auch wenn es den ganzen Abend dauern sollte. Selbst wenn sie dabei umkämen.

Zum Glück war der alte Sack irgendwann aufgemacht, und eine Gebetsschatulle, ähnlich jener der Hutchinsons, kam zum Vorschein. Joseph nahm sie aus Roses unsicheren Händen und reichte sie Grace. »Für dich und Rosie, damit alle eure Gebete erhört werden mögen.«

Sie hatte genau die gleiche Größe wie Maleachis Schatulle und war aus dem gleichen fleckigen dunkelbraunen Holz gemacht. Joseph hatte vier Winkelscharniere von einem alten Küchenschrank aufbewahrt, den er nicht mehr nutzte, sie poliert und für Graces Schatulle wiederverwendet. Die Schatulle besaß jedoch kein Schloss. Grace wusste besser als alle anderen, dass ein goldenes Schloss im Augenblick für ihn unerschwinglich war. Das Innere der Schatulle war aus blankem Holz, so dass Grace die Möglichkeit blieb, sie mit Seide oder Leinen auszukleiden, wenn sie wollte. Die Auskleidung von Maleachis ursprünglicher Schatulle war so von Motten zerfressen gewesen, dass Joseph gar nicht hätte sagen können, aus welchem Stoff sie früher einmal gewesen war. Maleachis Schatulle war innen nicht ausgekleidet, genau wie die von Grace.

Grace drückte sich die Schatulle an die Brust. Sie suchte nach Worten, um auszudrücken, wie großzügig und kostbar sie sein Geschenk fand. Doch sie stammelte nur: »Danke, Joe.«

»Aber Gracie, du musst versprechen, dass du dein Schloss nicht zurückforderst.«

Von Rührung überwältigt, zog sich Grace in die Küche zurück, wo sie ihren Gefühlen dadurch freien Lauf lassen konnte, dass sie etwas zum Essen für ihn zubereitete.

Der Reihe nach begutachtete jedes der Kinder das Kästchen, drehte es ein Dutzend Mal in den Händen, bis es auf den Tisch oder den Boden fiel und das Kind gezwungen war, es weiterzugeben, bis es schließlich wieder bei Grace ankam.

Sie aßen sämtliche Kekse und das süße Brot bis zum letzten Krümel auf und hakten unterdessen die Liste der Neuigkeiten ab: die schlechten Nachrichten über Sarah, die beiden Besuche der Mulchs innerhalb einer Woche und ihren Plan, Sarah morgen persönlich kennenzulernen. Und natürlich erzählten sie von den Spielsachen.

Spielsachen waren Roses Lieblingsthema, weil Grace sie damit überhäufte. Deshalb stoppte Grace Joseph, als er anfing, die Art von Spielsachen, die herzustellen Charlie ihn beauftragt hatte, bis ins Detail zu beschreiben.

»Merk es dir, Joe«, sagte sie und ging schnell in die Küche, um mit Papier und einem schönen Federkiel in der Hand wieder zurückzukommen.

»Jetzt«, sagte sie, »erzähl mir, worum Mr. Mulch dich gebeten hat, und dann sag mir, wie du es dir vorstellst.«

Während Joseph die verschiedenen Spielsachen genau beschrieb, die er anzufertigen gedachte, fing sie an, ihre eigenen Entwürfe zu skizzieren.

Josephs Puppen waren zwar funktional, doch die von Grace waren kunstvoll ausgearbeitet und praktisch lebensecht. Er besaß das Talent, die groben Umrisse zu schaffen, hatte aber nicht die Phantasie, die vielen wichtigen Details zu bedenken, die ihnen Leben einhauchten. So, wie Grace die Puppen skizzierte, glichen sie eher echten Babys als hölzernem Spielzeug. So sehr, dass Mary darum bat, die Skizze mit nach Hause nehmen und damit spielen zu dürfen. Joseph erklärte ihr, dass er ihr genau so eine Puppe machen würde wie die auf Graces Skizze, »wenn du das möchtest«.

»Wenn ich das möchte?« Mary starrte ihn entgeistert an. Dieser Mann konnte unmöglich ihr Vater sein. Ihr echter Vater würde, ohne sie auch nur zu fragen, wissen, dass sie sich diese Puppe mehr als alles auf der Welt wünschte.

Grace zwinkerte Mary zu und lächelte, dann wandte sie sich an Joseph. »Das soll aber nicht heißen, dass deine Puppen nicht wunderbar sind, Joe.«

»Du brauchst auf meine Gefühle keine Rücksicht zu nehmen, Grace. Ich weiß, was ich kann. Ich habe bis eben nur nicht gewusst, was du kannst.«

Fast zwei Stunden arbeiteten sie ohne Unterbrechung. Joseph und die Kinder waren fasziniert. Grace reichte ihnen Skizze um Skizze von der Puppe und dem Puppenwagen, von einer Pferdekutsche und einem Puppenhaus, das wie ein Bauernhof aussah.

»Hier, nimm sie, verwende sie, sie gehören dir«,

sagte sie und reichte Joseph den kleinen Stapel Bilder als Geschenk.

»Nicht, ohne dich zu entlohnen.«

»Ich brauche den Lohn nicht.«

»Ja, ich vergaß. Grace Brown braucht gar nichts – von niemandem«, sagte er mit mildem Spott. »Sie kommt ganz allein zurecht.«

Sah er sie tatsächlich so? Sie erkannte die Neigung in Rose, nicht aber in sich selbst.

Er steckte ihre Skizzen in seine Hemdentasche und verkündete barsch, dass es Zeit zum Gehen sei.

Sie hatten die Mäntel schon angezogen, und die Kinder standen bereits auf der Eingangsveranda, als er noch einmal zurückging und ihr flüsternd eine Frage stellte, die ihm schon den ganzen Nachmittag durch den Kopf gegangen war.

»Morgen Abend, wenn ich von den Mulchs zurückkomme, würde ich gerne vorbeischauen und mit dir einen Spaziergang machen. Nur wir beide.« Es klang gar nicht nach einer Frage, so wie er es eigentlich beabsichtigt hatte.

Grace errötete. Sie wollte seine Gefühle nicht verletzen. Sorgfältig wählte sie ihre Worte: »Tut mir leid, Joe, morgen Abend bin ich verabredet.« Dabei beließ sie es.

»Mit wem?«, platzte es aus Joe heraus.

»Mit – «, sie zögerte. Es ging ihn eigentlich gar nichts an. Sie musterte sein Gesicht, doch ganz ähnlich wie sein Herz verriet es wenig von dem, was er fühlte. Deshalb antwortete sie freundlich, doch ohne sich zu entschuldigen: »Mit Dr. McKnight.«

»Mit Roses Arzt? Mit dem, der Rose nicht helfen konnte? Mit dem, der auch Miriam nicht retten konnte?« Ihn packte die Wut. In der Hoffnung, dass die Kinder nichts würden mithören können, machte er die Eingangstür zu.

Auch Grace geriet ein wenig in Rage. Sie reagierte aufmüpfig und sagte: »Ja, mit Roses Arzt.« Seit wann musste sie sich rechtfertigen? »Der Arzt der Mulchs, unser hiesiger Arzt, ebendieser, Joseph.«

Er hatte dazu kein Recht; sie gehörte ihm nicht, aber er platzte dennoch damit heraus: »Der taugt nichts, Grace.«

»Er ist nur ein Arzt, Joe. Er ist kein Gott.« Ging es darum, dass der Arzt Miriam nicht hatte retten können, oder um etwas anderes?

Joseph hatte den Arzt häufig gesehen, als Miriam krank war, drei Wochen lang praktisch jeden Tag. Er wollte nicht daran denken, wie jung und gutaussehend der Mann war. Oder daran, dass er aus der Stadt kam und gebildet war, was ihm einen Charme und Schliff verlieh, mit dem ein junger Bauer nicht konkurrieren konnte. Oder dass er aus einer wohlhabenden Familie stammte und den Arztberuf nicht aus finanziellen Gründen ausübte, wie die meisten anderen, sondern um den Menschen zu helfen. Die Tatsache, dass dieser Arzt ein guter Mann war, führte dazu, dass Joseph sie verletzen wollte: »Er ist verdammt jung für dich, Grace. Was glaubst du denn?«

Eine weniger selbstsichere Frau hätte diesen Hinweis auf ihren Altersunterschied von sieben Jahren als Beleidigung aufgefasst, aber Grace gab sich ungerührt. »Dann solltest du lieber ihn vor der Gefahr warnen, mit einer älteren Frau zu verkehren.«

»Ich werde es nicht zulassen«, beharrte Joseph, als spräche er zu seiner Tochter, nicht zu seiner Freundin.

»Du vergisst dich, Joseph«, sagte sie in scharfem Ton. »Du hast mir nicht zu sagen, was ich tun und lassen soll.« Sie wollte ihn nicht verletzen, aber sie war sich nicht sicher, ob es ihm ebenso erging. »Ich bin mein ganzes Leben lang gut ohne dich ausgekommen, Joseph Hutchinson.« Noch nie hatte sie erlebt, dass er dermaßen die Beherrschung verlor.

In seiner Brust tobten Gefühle, die er weder benennen noch unter Kontrolle halten konnte. Obwohl er nicht zu sagen vermochte, warum, stellte er fest: »Es ist falsch, mit ihm auszugehen, Grace.«

»Falsch – in wessen Augen?«

»Falsch – in meinen Augen. Und das sollte dir genügen.«

»Das würde es, wenn ich deine Tochter wäre.« Oder deine Frau, dachte sie, sprach es aber nicht aus. Ihre Wangen und ihr Hals waren gerötet. »Es steht dir nicht zu, mir zu sagen, was ich zu tun und zu lassen habe.«

»Doch. Ich weiß, dass ich nicht dein Vater oder dein Bruder bin, aber«, stammelte er, »aber ich bin dein –« Er hielt inne: Was war er für sie?

»Mein was?«, sie verzog ihre Mundwinkel zu einem verschmitzten Lächeln. »Was bist du, Joe? Du bist mein Freund. Und das ist alles, weil du nicht mehr sein willst!«

Er war wütend, weil sie recht hatte. Was sie tat, hatte gar nichts mit ihm zu tun. Er atmete tief aus, als versuche er die wütenden Dämpfe, die in seinem Inneren tobten, entweichen zu lassen. Dann drehte er sich um, stürmte aus der Tür und knallte sie absichtlich hinter sich zu, um seiner Meinung Nachdruck zu verleihen – worin sie auch immer bestehen mochte.

Graces Wut wandelte sich in Heiterkeit. Aus ihrem Kichern wurde bald schallendes Gelächter, und sie konnte nicht aufhören, bis Rose schließlich aus der Küche kam und fragte, was denn so lustig sei.

»Männer, Darling«, antwortete Grace. »Männer sind so lustig.«

28

Am nächsten Tag

Sarah war ganz anders, als Daniel und Mary erwartet hatten. Als sie am späten Sonntagvormittag auf Zehenspitzen in ihr Zimmer schlichen, sprach sie mit ihnen, als seien sie lange vermisste Freunde. Sie war redselig, liebevoll und interessierte sich für Dinge, die auch sie interessant fanden. Sie konnten sich beim besten Willen nicht erklären, wie es kam, dass Sarah in ihrem Bett saß, mit Winnie spielte und ihnen Geschichten aus ihrem Leben erzählte, wo die Mulchs doch noch vor zwei Tagen behauptet hatten, es sei möglich, dass sie nicht überlebt.

Sarah war in dem rosa Zimmer untergebracht, das Daisy und Charlie vor langer Zeit für den Tag eingerichtet hatten, an dem sie ein kleines Mädchen bekommen würden. Es war ein richtiges Prinzessinnenzimmer. In der Mitte stand das große Himmelbett, das auf allen Seiten mit cremefarbenem Chiffon drapiert war. Auf dem Bett lag ein halbes Dutzend übergroßer Kissen. Die breiten Fenster blickten auf einen bunten Garten mit Wildblumen und einen Teich hinaus. In einer Ecke des Zimmers stand ein Bücherregal mit Kinderbüchern, daneben ein Tisch mit vier Kinderstühlchen, deren Lehnen jeweils in der Form eines Tieres geschnitzt waren. Dieses helle, luftige und farbenfrohe Zimmer wäre der Traum eines jeden kleinen Mädchens.

Sie saßen zusammen auf Sarahs luxuriösem Bett und erzählten sich fast den ganzen Nachmittag über Geschichten. Mary mochte Sarah durchaus, aber es war Otis, in den sie sich sofort verliebte. Von dem Augenblick an, als sie den knuddeligen Welpen erblickte, nahm sie ihn wie ein Baby auf die Arme und ließ ihn gar nicht mehr los. Marys drittes Gebet war so gut wie geschrieben.

Daniel dagegen war von dem schwarzhaarigen Mädchen ganz hingerissen. Sarah war exotisch, mit ihrer weichen dunklen Haut, ihren dunklen, mandelförmigen Augen und einem leicht fremden Akzent. Sie war ein Jahr älter als Daniel, aber viel ernster. Und Jüdin.

Daniel hatte noch nie zuvor eine Jüdin getroffen. Er wusste gar nicht, welche seiner vielen Fragen er ihr zuerst stellen sollte.

Jüdin zu sein, erklärte sie, bedeutete, dass ihre Familie selbst in Spanien, wo sie gelebt hatten, bevor sie nach England zogen, wie Außenseiter behandelt wurde. Die Männer studierten ihre heiligen Bücher erst nach Sonnenuntergang, hinter zugezogenen Vorhängen.

»Wenn jüdisch nur eine Religion ist, worin unterscheidet sich deine Religion dann von unserer?«, wollte Daniel wissen.

»Die Leute meinen, anders zu sein, sei gefährlich. Deshalb sind wir in dieses Land gekommen.«

»Du machst auf mich keinen gefährlichen Eindruck.«

»Freut mich, das zu hören«, sagte Sarah und lächelte, denn insgeheim hoffte sie, er würde ihr erster wirklicher Freund werden. In den letzten zwei Jahren, seit sie bei Tante Alva wohnte, hatte sie keine Freunde gehabt. Sarah würde niemals ein böses Wort über Tante Alva, ihre einzige noch lebende Verwandte, sagen; aber diese zwei Jahre bei ihr waren, als habe sie unter einer schwarzen Wolke von Sorgen gelebt – die nächste Münze, der nächste Job, das nächste Essen. Sarah konnte ohne Geld in der Tasche leben, aber ein Leben ohne Lernen und Freude und Freunde war für sie unerträglich gewesen.

Daniel fragte sie, warum sie bei ihrer Tante und nicht bei ihren Eltern lebte.

»Als Mama und Papa vor zwei Jahren an dem Fieber erkrankt sind, ist Tante Alva zu mir gekommen und hat mich mit zu sich genommen.«

Daniel konnte sehen, dass ihre Lippen bebten, deshalb wandte er sich ab. Er dachte an seine beiden Onkel, die er nie kennengelernt hatte und die ebenfalls an diesem Fieber gestorben waren, aber er erzählte nichts von ihnen.

Nach einer Weile sagte er: »Alva ist ein lustiger Name …«

»Nicht, wenn du Spanierin bist. Dort ist er ganz gebräuchlich … Kann ich dir ein Geheimnis anvertrauen, Daniel?«

Seit der Entdeckung der Gebetsschatulle schien Daniels Leben voller Geheimnisse zu sein. »Ja, klar.«

»Das Beste, was mir je passiert ist, ist, dass ich von der Kutsche umgefahren und hierhergebracht worden bin. Die Mulchs sind so nett zu mir. Sie behandeln mich, als wäre ich ihre eigene Tochter.«

Daniel hatte noch nie jemanden kennengelernt, der so offen über seine Gefühle sprach.

Sarah erzählte einiges, aber nicht alles. Sie erzählte nicht, was Doktor McKnight über ihren Unfall wusste. Sie erzählte ihm nicht, wie sehr ihr linkes Bein und der linke Arm unter der Holzschiene und dem Verband schmerzten. Sie erwähnte nicht, wie weh ihr die rechte Seite des Kopfes tat, wenn sie am Morgen aufwachte, und dass ihr davon ganz schwindlig wurde.

»Wenn ich bei der Familie Mulch bleibe«, fragte sie Daniel ganz direkt, »kommst du mich dann besuchen?«

»Und ob!«

Mary meldete sich zu Wort und sagte, wie gern auch sie kommen würde, weil sie hoffte, sie würde bei jedem Besuch auch Otis sehen.

»Danke, dass du mir Winnie geschenkt hast«, sagte Sarah und wandte die Aufmerksamkeit Mary zu, »ohne überhaupt zu wissen, ob du mich als Freundin magst.«

»Ist schon okay«, schwindelte Mary. »Ich habe jede Menge Spielsachen, und so viele brauche ich eigentlich gar nicht.«

Sarah lachte, wie unterschiedlich ihr Leben war. Für sie war es ein Luxus, ein Spielzeug in den Armen zu halten, und sei es nur einen Nachmittag lang. Tante Alva pflegte zu sagen, Spielsachen würden einen Menschen von den wirklich wichtigen Dingen des Lebens ablenken: Arbeit und Geld. Als Sarah einmal den Fehler beging und sie um ein Hüpfseil bat, nachdem sie die Mädchen damit in der Stadt hatte spielen sehen, da bekam sie jene Antwort zu hören, die Tante Alva auf alle Fragen gab. »Arbeit und Geld sind wie Luft und Wasser, junge Dame«, hatte sie gesagt. »Darauf würde ich an deiner Stelle mehr Aufmerksamkeit verwenden.«

Winnie fest in den Armen haltend, fragte sie Daniel und Mary ganz offen: »Fühlt ihr euch denn manchmal schlecht, weil es Kinder gibt, die keine Spielsachen haben?«

Mary gab unumwunden zu, dass sie noch nie

einen einzigen Gedanken daran verschwendet hatte. Und es war klar, dass dies auch bei Daniel der Fall war.

»Und doch seid ihr beide so gut zu mir gewesen«, sagte Sarah lächelnd, die offenkundig viel darüber nachgedacht hatte.

Wie als Antwort auf ihre Frage ging die Zimmertür auf, und Charlie und Joseph kamen herein. Die großen Sorgen um Sarahs Gesundheitszustand belasteten Charlie noch immer sehr, aber er verstand es inzwischen besser, dies zu verbergen. »Wie steht es bei euch, Kinder?«, fragte er freundlich.

»Bei uns steht alles gut, Onkel Charlie«, antwortete Sarah, die ihn auf seinen Vorschlag hin Onkel nannte, »aber bei anderen Kindern nicht so gut.«

»Bei welchen anderen Kindern?«, wollte er wissen, nachdem er eine freie Ecke der Matratze gefunden und sich hingesetzt hatte.

»Ich habe Glück. Ich habe alles, was ein Mädchen sich wünschen kann – Freunde, Spielsachen, dich und Tante Daisy. Aber was ist mit den Kindern, die das alles nicht haben? Was wird aus denen?«

»Du solltest an dich selbst denken und daran, dass du wieder gesund werden musst, nicht an die Welt der unglücklichen Kinder«, sagte er voll Bewunderung. In seinem ganzen privilegierten Leben hatte er nie auch nur einen Gedanken an die anderen, weniger Glücklichen verschwendet.

Wieder überkam ihn das Gefühl, dass dieser Unfall gar kein wirklicher Unfall gewesen war. Er schaute Sarah an, als sei sie eher ein Engel als ein kleines Mädchen. »Und was schlägst du in dieser Sache vor, Sarah?«, fragte er.

»Daniel und Mary haben mir diese Spielsachen gebracht, und Mr. Hutchinson macht mir noch ein paar mehr, und es kommt mir einfach nicht richtig vor. Was wäre, wenn ich ein oder zwei Spielsachen behalte und wir den Rest Kindern schenken, die gar kein Spielzeug haben?«

»Zu Weihnachten«, warf Mary ein.

»Nun, es ist lustig, dass du das erwähnst, Kleine. Ich habe mich heute lange mit Mr. Hutchinson über die Möglichkeit unterhalten, Spielsachen an Kinder zu verkaufen. Und gerade haben wir beschlossen, Josephs Spielzeug auf den Markt zu bringen. Ich habe noch nie handwerklich so schön gearbeitete Sachen gesehen, und wenn wir den Preis für die Spielsachen richtig ansetzen, denke ich, wird jeder ordentlich Profit machen.« Weil sie für ein so kleines Mädchen ein äußerst ernstes Wesen hatte, ertappte er sich dabei, dass er zu ihr sprach wie zu einer Erwachsenen.

»Ich rede nicht davon, Kindern Spielsachen zu verkaufen, Onkel. Ich rede davon, sie zu verschenken.«

»Wie kann man Gewinne machen, wenn man sie verschenkt, Sarah?« Er lachte laut los und schaute sich Zustimmung heischend im Zimmer um, als wolle er fragen, ob jemals jemand eine solch absurde Idee gehört hatte.

Joseph erkannte die Großherzigkeit in Sarahs Vorschlag. Leise fragte er: »Was schlägst du vor, was sollen wir tun?«

Joseph nahm sie so ernst, wie ihr Vater sie genommen hatte, als er noch am Leben gewesen war. »Mein Vater ist mir letzte Nacht im Traum erschienen. Darin hat er mir gezeigt, wie Onkel Charlie die Türen der Bank aufmacht, und eine Schlange von Kindern hat davor darauf gewartet, eingelassen zu werden.«

Charlie wurde klar, dass sie ihn nicht auf den Arm nahm. Er hörte auf zu lachen und hörte zu.

»In dem Traum gab es so viele Kinder, die gekommen waren, und keines ist weggeschickt worden. Alle waren in der Bank willkommen, um sich dort aufzuwärmen, zu essen und zu trinken und zusammen zu sein. Es war wie eine riesengroße Familie.«

Vielleicht lag es daran, dass Sarah Jüdin war und dass sie sich als Außenseiterin fühlte. Das Erbe ihres Vaters, das jetzt in ihr weiterlebte, oder – wie sie es nannte – ihr Traum, erinnerte sie an die Aufgabe, die sie hier zu erfüllen hatte. »Einen Ort anzubieten, und sei es nur für einen Abend, wo alle hingehören, alle willkommen sind.«

»Das ist ein schöner Traum, Sarah«, sagte Joseph sichtlich gerührt von ihrer Vision.

Charlie überlegte, wie die Idee in der Bank umzusetzen wäre: Ein bisschen Kakao und ein paar Kekse, dieser Einsatz würde sich für die Bank im neuen Jahr in jedem Fall auszahlen, überlegte er.

»Du wirst aber jedem Kind, das in deine Bank kommt, ein Spielzeug schenken müssen, Onkel Charlie.«

»Ein Spielzeug für jedes Kind, das bisher kein eigenes hat«, wiederholte Joseph, was sie meinte. »Charlie, was ist die Kindheit ohne Spielsachen?«

Der Geschäftsmann in Charlie wies in Gedanken den Vorschlag zurück, der mit jeder Minute noch teurer wurde.

»Denken Sie darüber nach, Charlie. Wir können Ihre Idee umsetzen und die Spielsachen mit Profit verkaufen, aber für jedes Zehnte, das wir verkaufen, legen wir eines für wohltätige Zwecke beiseite und schenken sie den Waisenkindern?«

Josephs Idee war etwas, womit Charlie meinte leben zu können, auch wenn das bedeutete, dass sie weniger Gewinn machen würden.

Sarah erinnerte sie, dass Josephs Idee aus dem Buche Maleachi des Alten Testaments stammte.

Joseph und die Kinder zuckten zusammen, als dieser Name fiel. Sie starrten Sarah an, als seien ihr gerade Flügel gewachsen. Handelte es sich um denselben Maleachi?

»Es gibt in der Bibel ein Buch Maleachi?«, fragte Daniel ungläubig.

Sarah nickte. »Maleachi sagt, dass man den zehnten Teil dessen, was man von Gott erhält, als Dank an Gott zurückgeben soll. Das wird der Zehnte genannt.«

»Mach dir keine Sorgen, Onkel«, beruhigte ihn Sarah, »du wirst nicht jedes Weihnachten Spielsachen verschenken müssen. Ich wette, wenn du es dieses eine Mal tust, dann werden es nächstes Jahr andere Geschäfte auch machen wollen.«

»Wie wäre es, wenn wir es ‚Die Weihnachtsspielzeugbank' nennen würden?«, schlug Charlie vor und freute sich über seinen Beitrag.

Und damit ging in dem Zimmer das Gequassel los. Alle lachten gleichzeitig und machten Vorschläge und erteilten Ratschläge, was die Aufmerksamkeit von Daisy und Tante Alva weckte und sie in Sarahs Zimmer lockte, in dem inzwischen ein kreatives und lautes Chaos herrschte.

»Ich kann noch gar nichts versprechen«, sagte Charlie. »Ich muss zuerst meine Kollegen überzeugen, dass die Sache klug ist.«

Sarah freute sich zu sehen, dass die Idee ihres Vaters die Phantasie aller im Zimmer Anwesenden anregte. Er hatte ihr beigebracht, Sinn und Zweck des Lernens sei nicht etwa schlau, sondern gut zu werden.

»Wenn wir das wirklich angehen«, sagte Joseph zu seinen Kindern, »dann bedeutet das, dass ihr von jetzt bis am Tag vor Weihnachten nichts anderes machen werdet als Spielsachen für die Spielzeugbank. Erst nach Neujahr werden wir dann daran denken, sie zu verkaufen.«

»Der ganze Plan hängt ganz von Ihnen ab, Joseph«, stellte Charlie fest.

»Nun, wenn er von mir abhängt«, sagte Joseph und deutete auf seine Kinder, »dann hängt er von euch beiden ab, weil das bedeutet, dass ihr sehr viel arbeiten müsst!«

Dein Gebet wird durch dich erhört. Genau dieser Gedanke ging ihnen durch den Kopf, als Daniel und Mary zustimmend nickten.

»Nun, denn, Charlie, es sieht so aus, als seien wir uns alle einig, alle bis auf ein wichtiges Mitglied dieser Gruppe, das nicht hier ist.« Joseph fragte sich, ob Grace nach vorgestern überhaupt noch mit ihm reden würde.

»Um wen geht es?«, fragte Charlie. »Wenn sie Geld fordern, ich kann ihnen mehr bezahlen, als sie jetzt verdienen.«

»Nein, Charlie, es geht nicht um Geld, sondern –«

»Worum dann?«, bedrängte Charlie ihn weiter.

»Es ist, hm, es ist etwas Persönliches«, murmelte Joseph und war verlegen, weil er sich Grace gegenüber kaum vernünftiger als ein Schuljunge benommen hatte.

»Dann sollten Sie das lieber regeln, Joseph«, riet ihm Charlie, der Geschäftsmann, »die Spielzeugbank kann nicht lange warten.«

Joseph wurde rot.

Daisy, die Friedensstifterin, bot sofort an, Joseph zu helfen, wo immer sie konnte.

Und Sarah ebenfalls. »Ich möchte auch für Sie arbeiten, Mr. Hutchinson.«

Joseph wusste, dass ein zielgerichtetes Unterfangen für ein Mädchen wie Sarah besser war als alles, was Dr. McKnight verschreiben konnte. Dr. McKnight – allein bei dem Gedanken an ihn kochte Joseph das Blut in den Adern.

»Es tut mir leid, dass ich dich enttäuschen muss, Sarah, aber ich behalte dich für mich«, verkündete Charlie. »Du wirst mit mir zusammenarbeiten, und zwar als stellvertretende Direktorin der Weihnachtsspielzeugbank. Wir müssen sicherstellen, dass die ganze Sache funktioniert, nicht nur der Teil mit den Spielsachen.«

»Wenn wir gleich jetzt loslegen, Charlie, dann sollten Sie sich die da lieber einmal anschauen«, sagte Joseph, griff in seine Hemdentasche, zog Graces Skizzen heraus und reichte sie ihm.

Das waren weit kunstvollere Spielsachen, als Joseph ihm neulich Abend gezeigt hatte. Charlie war beeindruckt. Er gab die Skizzen an Sarah weiter und sagte: »Ich möchte, dass du aussuchst, welche dir am besten gefallen. Und Daisy, gib Joseph unterdessen Geld, damit er das Material besorgen kann. Und Joseph, lassen Sie sich von meinem Kutscher nach Hause fahren, damit Sie sich gleich daranmachen können, Ihre Werkstatt in Ihrem Haus einzurichten.«

Daisy wunderte sich, welche Zuversicht und Autorität Charlie verströmte, sobald er eine Sache in die Hand nahm. In Zeiten wie diesen meinte sie, sich erneut in ihn zu verlieben.

Joseph hatte nicht vor, seine Werkstatt in seinem Haus einzurichten, sondern vielmehr in der Scheune. Es gab keinen Ort auf der Welt, wo er sich lieber aufhielt als in der Scheune, wo Großpapa Elijah und er zusammenzuarbeiten pflegten.

29

Vier Tage später

Die Gebetsschatulle sollte eigentlich ein vom Himmel herabgelassener Rettungsanker sein, aber das nützte Sarah nicht sonderlich. Statt dass sich ihr Zustand mit jedem Tag verbesserte, geschah genau das Gegenteil; sie wurde blasser, ihr Körper schwächer.

»Wenn ihre Verletzungen äußerlich wären«, sagte Dr. McKnight, »wie bei ihren Abschürfungen, dann könnte die Medizin ihr eher helfen.« Was er damit eigentlich sagte, war, dass Charlies Reichtum in diesem Fall überhaupt nichts auszurichten vermochte.

Und während Sarahs Körper langsam schwächer wurde, konnte Charlie nicht leugnen, dass ihr Wille und ihre Entschlossenheit zu leben, mit jedem Tag an Stärke zulegten. Bevor er eintrat, blieb er eine Weile an der Tür zu ihrem Zimmer stehen und schaute zu, wie sie schlief. Er fragte erst gar nicht, wie es denn möglich war, dass er sie in so kurzer Zeit lieben gelernt hatte, als wäre sie sein eigenes Kind.

Er setzte sich in den Ohrensessel neben ihrem Bett. Er faltete die Hände im Schoß und wartete. Charlie wollte, dass sie ihn immer an ihrer Seite sah, jedes Mal, wenn sie aufwachte, als beschütze er sie vor weiterem Unheil. Charlie Mulch war kein gläubiger Mensch, aber irgendwie war er ein besserer Mensch geworden, seit er Sarah kennengelernt hatte. Je mehr er über Sarah und die Spielzeugbank nachdachte, desto deutlicher erkannte er, dass seine Welt bunter wurde, an Dimension, an Tiefe gewann. Was nützte ein Haufen Geld, hatte Sarah ihm klargemacht, wenn er es nicht teilen konnte? Er schloss die Augen und stellte sich die Gesichter der Kinder vor, wenn sie in die Bank kamen und all die Spielsachen, das Essen und die Liebe sahen, die sie dort erwarteten, und er konnte nicht anders, als freudig lächeln. Es galt, keine Zeit zu verlieren.

Am nächsten Tag beraumte Charlie in der Bank, wenige Minuten nach Schalterschluss, ein dringliches Treffen in seinem Büro ein, um Sarahs Idee zu besprechen. Die Belegschaft bestand ausschließlich aus Männern, aber nach und nach wischte sich jeder der elf Angestellten im Laufe von Charlies Darlegungen verstohlen ein paar Tränen aus dem Augenwinkel.

»Darf ich meine Kinder dazu einladen?«

»Kann ich der Spielzeugbank Geld spenden?«

»Kann ich auch neue Spielsachen beisteuern?«

Die Fragen der Bankangestellten drehten sich um ein einziges Thema: Was können wir tun, um zu helfen? Es fehlte wahrlich nicht an Unterstützung. Alle waren mit ganzem Herzen dabei.

❋

Charlie achtete auf die kleinsten Details, von der Musik bis zur Dekoration und der Vielfalt der Backwaren. Anstatt das örtliche Gasthaus damit zu betrauen, beauftragte er die Witwen der Stadt, das Essen zuzubereiten. Er veranlasste die jungen Erwachsenen, die karg eingerichtete Bank neu zu gestalten und mit bunten, selbstgemachten Dekorationen auszuschmücken. Er forderte die Witwen auf, eine zauberhafte Atmosphäre für Kinder zu schaffen, die schon vor langer Zeit allen Grund der Welt hatten, nicht mehr an Zauber zu glauben.

Da man in den Straßen der Stadt immer junge Leute herumhängen sah, die Streit suchten, heuerte Charlie ein paar von ihnen an, damit sie gemeinsam in einer Band Musik machten. Denn was war ein Fest ohne Musik?

»Jeder Junge, jedes Mädchen, wer immer an Heiligabend gerne Musik macht, wird dafür bezahlt. Die Bank stellt die Instrumente zur Verfügung.«

Charlie sagte ihnen, sie sollten es allen anderen weitererzählen. Charlie wollte, dass am Abend der Spielzeugbank auf den Straßen und Gassen kein Unfug getrieben wurde und dass in der Bank eine fröhliche Stimmung herrschte. Seine Absicht war, in der Stadt den weihnachtlichen Geist zu verbreiten, den Geist des Schenkens, ohne daran zu denken, etwas dafür zurückzubekommen.

Jeden Tag nach Arbeitsschluss sauste Charlie wie ein geölter Blitz nach Hause. Er stürmte durch die Eingangstür und ging geradewegs in das rosafarbene Zimmer hinauf, wo er mit Gewissheit seine geliebte Frau und seine liebe Sarah vorfinden würde. Ohne seinen Hut oder seinen Mantel abzulegen, setzte er sich dann auf die Kante von Sarahs Bett und brachte seine beiden Mädchen auf den neuesten Stand in Sachen Spielzeugbank, legte aber Pausen ein, damit sie ihm ihre Vorschläge unterbreiten konnten.

In den späten Abendstunden kümmerten er und Daisy sich um die Logistik.

»Morgen«, erklärte Daisy, »habe ich vor, Mrs. Brown einen Besuch abzustatten, um sicherzustellen, dass sie und Rose an diesem Sonntagnachmittag zu uns kommen.«

»Je mehr wir sind, desto lustiger wird es«, lachte er. Seit Sarah in Charlies Leben getreten war, hatte er sich zu einem sehr angenehmen Menschen entwickelt. »Was ist mit Joseph?«

»Ich habe mich schon erkundigt – er wird fast

jeden Tag arbeiten, aber er hätte gern, dass die Kinder ein bisschen Zeit mit Sarah verbringen.«

»Ich schicke Jonah, dass er sie abholt. Übrigens, du könntest Grace fragen, ob sie die Spielsachen an Heiligabend nicht verteilen möchte.«

»Was ist nur los mit dir? Sarah sollte das doch übernehmen«, erinnerte ihn Daisy.

»Aber wenn sie dazu nicht in der Lage ist –«

»Ach, der Mutterinstinkt sagt mir, dass sie dazu mehr als in der Lage sein wird. Sie redet von gar nichts anderem mehr!«

»Dann bitten wir Tante Alva, ihr zu helfen.« Charlie machte sich eine Notiz, denn es gab viel zu viele Dinge, an die er für die Vorbereitung der Spielzeugbank denken musste, als dass er sie sich alle hätte merken können.

»Ich habe dafür gesorgt, dass am Tag der Spielzeugbank zwei Kutschen zur Hutchinson-Farm fahren«, erklärte Daisy. »In einer Kutsche transportieren wir die Spielsachen, in der anderen Grace, Joseph und die Kinder. Ich bin mir sicher, sie werden die gemeinsame Fahrt genießen.«

Charlie war sich in diesem Punkt nicht so sicher, denn er hatte gesehen, wie sich Josephs Miene verdüsterte, als der Name Grace gefallen war.

30

Erster Dezember

Es mussten über zwei Wochen vergangen sein, seit die Kinder das letzte Mal in die Scheune hatten kommen dürfen. Das Erste, was sie entdeckten, war das nagelneue Schild, das über dem Eingang hing.

»Was steht darauf, Daniel?«

»Werkstatt der Familie Hutchinson«, erklärte er stolz.

»Das ist unsere Werkstatt. Da werden wir in den nächsten Monaten arbeiten.«

Daniel und Mary zitterten geradezu vor Aufregung, als sie sich an den Händen fassten und durch die Doppeltür eintraten.

»Ach, Papa!« Mary atmete durch den Mund aus, der einen perfekten Kreis bildete. Die Scheune war riesengroß: Wo sich einst Dutzende kleiner Kammern befanden, in denen man prima Verstecken spielen konnte, war alles offen, und die Scheune bestand jetzt aus einem einzigen großen, weiten Raum. Im Geschäftsbereich standen Dutzende Regale, und Behälter in verschiedenen Größen säumten die Wände, und es gab lange Werkbänke, jeweils für eine bestimmte Phase der Spielzeugherstellung.

»Papa, was ist mit Eleanor und Moo-Moo passiert?«, fragte Mary ganz besorgt.

Joseph führte sie ans andere Ende der Scheune, das den Tieren vorbehalten war, und zeigte ihr, dass sich ihre Boxen jetzt zwar an einer anderen Stelle befanden, sie aber noch immer reichlich Platz hatten.

Er nahm Mary auf den Arm. »Weißt du, was ich glaube? Ich glaube, die Tiere sind wirklich glücklich, dass wir alle bei ihnen sind«, sagte Joseph grinsend.

Da fühlte sich Mary gleich wieder viel besser.

Joseph verbrachte den Rest des Tages damit, den Kindern zu zeigen, was sie in den nächsten Monaten zu tun haben würden.

❋

Als die Kinder an diesem Abend allein in ihrem Zimmer waren, beklagte sich Mary über die Kälte.

Daniel zeigte kein Mitleid. »Mary, siehst du denn nicht, dass unsere beiden Gebete erhört worden sind?«

Mary konnte an nichts anderes denken als an

die Spielsachen, die sie sich von der Gebetsschatulle gewünscht hatte. Und an die Kälte. Daniels Antwort war anders ausgefallen, als sie es sich wünschte, und ihr Schweigen machte ihm das klar.

Um sieben Uhr am nächsten Morgen waren sie bereits bei der Arbeit.

Joseph war an diesem Morgen ungeheuer glücklich – er hatte seine wunderbaren Kinder bei sich, die Taschen voller Geld der Mulchs und die Freiheit, der Arbeit nachzugehen, die er am allermeisten liebte.

»Daniel, ich reite mit Eleanor kurz zum Sägewerk und überlasse dir die Verantwortung.«

Als Joseph vier Stunden später wiederkam, zog Eleanor einen flachen Karren hinter sich her, vollgeladen mit Kiefern- und Ahornholz, das jeweils für einen bestimmten Zweck gedacht war – als Spielzeug für ein Mädchen oder einen Jungen, für ein Puppenhaus oder für Bauklötze, einen Puppenwagen, ein Gewehr oder ein Brettspiel.

Nachdem das Holz abgeladen und in die trockenste Ecke der Werkstatt gebracht war, wurden Mary und Daniel ihre Aufgaben zugewiesen. Auf Josephs Geheiß fegten sie Sägespäne, entfernten Splitter und fügten, im Laufe der Woche, Speichen in Räder, flochten Fäden zu Zöpfen und entfernten von ihren alten, abgelegten Kleidern die Knöpfe, um sie für die Puppenkleider zu nutzen. Noch später brachte Joseph ihnen bei, wie sie einfache Kleider, Overalls, Gesichter und Fingernägel so bunt und wirklichkeitsgetreu auf das Holz zu malen hatten, wie es ihnen die Phantasie eingab. So wurde die Arbeit aufgeteilt, Joseph stellte die Spielsachen her, und die Kinder hauchten ihnen Leben ein.

Die Hutchinsons arbeiteten jeden Tag von Sonnenauf- bis Sonnenuntergang. Und nachdem Joseph die Kinder abends ins Bett gebracht hatte, kehrte er meist noch einmal in die Werkstatt zurück.

»Machen wir denn nie eine Pause, Papa?«, beschwerte sich Mary.

»Wir legen doch jeden Tag Pausen ein, um zu essen«, erinnerte Joseph sie.

»Aber wir müssen in der Werkstatt essen, und wir reden über nichts anderes mehr als über die Arbeit«, jammerte Mary weiter.

»Denk dran, Mary, wir haben uns Spielsachen gewünscht, und die Gebetsschatulle veranlasst uns, über Spielsachen zu reden, an Spielsachen zu denken und den ganzen Tag Spielsachen herzustellen! Was könnte es denn Besseres geben?«, gab Daniel zu bedenken.

»Mit ihnen zu spielen!«

»Es tut mir leid, dass wir so viel arbeiten müssen, ihr Lieben«, sagte Joseph zu ihnen beiden, »aber ihr wisst, dass ich das ohne euch nicht schaffen könnte.«

»Wirklich nicht?«, fragte Mary, damit sie es noch einmal zu hören bekam.

»Du und dein Bruder, ihr wart diejenigen, die mich haben weitermachen lassen. Ich glaube nicht, dass ich es ohne euch geschafft hätte.«

Erst später unterhielt sie sich mit Daniel darüber, was Papa eigentlich gemeint hatte, als er sagte, er hätte es ohne sie nicht geschafft.

»Er hat gemeint, dass er genauso wenig ohne uns auskommt wie wir ohne ihn.«

»Aber das müssen wir ja nicht. Papa wird immer da sein«, sagte sie zögernd. »Nicht wahr?«

»Es gibt viele Kinder, die keine Mutter und keinen Vater mehr haben«, sagte Daniel, ohne zu überlegen, wie sehr das seine kleine Schwester bestürzen könnte.

Mary erstarrte bei dem Gedanken vor Angst. »Wenn Papa etwas zustoßen würde, dann wären wir wie Sarah«, erklärte sie.

Daniel wechselte schnell das Thema, bevor Mary noch in Tränen ausbrach. »Du weißt, wie wichtig das ist, was wir da machen, oder?«

»Klar. Wir stellen Spielsachen her, um damit Kinder glücklich zu machen.«

»Nein. Es geht um etwas Wichtigeres. Wir tun genau das, was die Gebetsschatulle macht. Sie gibt Kindern Sachen, die sie von allein nicht kriegen können, und sie gibt sie ihnen *mit Hilfe* der Kinder, die sie ihnen schenken müssen.«

Zwar sprach Daniel das aus, aber er war sich

selbst nicht ganz sicher, ob er begriff, was er damit meinte. Für ihn stand jedenfalls fest, dass Mary es nicht verstand. Danach arbeiteten sie schweigend weiter, bis Joseph eine Stunde später zurückkehrte.

»Wir haben mehr, Papa, deshalb schenken wir den Kindern, die weniger haben, etwas«, sagte Mary, sobald Joseph eingetreten war.

Daniel war beeindruckt. Mary hatte ja doch richtig zugehört.

»Das stimmt«, pflichtete Joseph ihr bei und drückte ihr einen Kuss auf die Stirn, aber mit den Gedanken war er ganz woanders … um genau zu sein, drei Meilen weiter im Westen. Jeden Nachmittag, egal, bei welchem Wetter, folgte Joseph dem gleichen Ritual. Er zog sich den Mantel an und sagte seinen Kindern, dass er etwas Geschäftliches zu erledigen habe und bald wiederkomme. Er schloss die Werkstatttür hinter sich und machte sich mit eiserner Entschlossenheit daran, über die gefrorenen Felder zur Graces Farm zu gehen, um sich ihr zu erklären.

Doch mit jedem Schritt, mit dem er sich von seinem Haus entfernte und sich ihrem näherte, schwand seine Entschlossenheit. Jeden Tag kam er zurück, und Schweißperlen rannen ihm den Rücken hinab bei dem Gedanken, sich vor sie zu stellen und ihr seine Gefühle zu erklären. Seine Gefühle in Bezug worauf? Dass er ein Dieb war, der Erinnerungen stahl? Denn jede Nacht hortete Joseph Bilder von Miriam wie ein Geizhals sein Gold – Augenblicke, die er mit Miriam verbracht hatte, Gespräche, die er mit Miriam geführt, und Momente, in denen er mit Miriam zusammen gelacht hatte.

Er wusste selbst nicht, was er von Grace wollte, wenn er jeden Tag auf ihre Farm zusteuerte und dann kehrtmachte, sobald er nur noch wenige Schritte davon entfernt war. Sie konnte ihm nicht geben, was er wirklich wollte: eine Zukunft mit einer Garantie, eine Rose ohne Dornen, ein Leben ohne Tod. Niemand konnte Joseph das geben.

31

Heiligabend, Am späten Vormittag

An diesem besonderen Tag schienen zwei Sonnen – eine am Himmel und die andere in den Herzen der Hutchinsons.

Bevor die Kutsche ankam, um die in einem Dutzend Leinensäcken verpackten Spielsachen zur Bank zu bringen, betrachteten Joseph, Daniel und Mary stolz ihre Werke. Dreiundsechzig Spielsachen. Das waren keine primitiven, kindlichen Spielsachen wie jene, die Joseph als Junge hergestellt hatte. Die Entwürfe von Grace waren weit besser als seine; die Pferde sahen wirklich wie Pferde aus, die Kutschen hatten Türen, die sich öffnen ließen, und Räder, die sich um ihre Achse drehten. Die gemalten Augen der Puppen blickten einen liebevoll an, und die Arme wirkten, als wollten sie einen gleich umarmen.

Sorgfältig wickelten sie jedes der dreiundsechzig Spielzeuge ein und verpackten sie vorsichtig in den robusten Säcken. Spielzeug um Spielzeug, jedes ihrer Gebete war mehr als erhört worden.

Daniel hörte die Kutschen vor der Werkstatt vorfahren, ohne dass er sie sah. Er und Mary rannten um die Wette zur Tür, und er streckte den Kopf hinaus. »Es sind zwei!«, stellte er erfreut fest. »Eine nur für die Spielsachen!«

Ein Gefühl großer Zufriedenheit durchflutete Joseph und seine Kinder. Im Laufe der Jahre hatten sie auf der Farm hart gearbeitet – sehr hart –, aber nie hatten sie einen Monat mit solch zielstrebiger Entschlossenheit geschuftet. Mit Hilfe der zwei Kutscher luden sie die Säcke vorsichtig in die zweite Kutsche. Sie arbeiteten mit einer Art Ehrfurcht, als packten sie heilige Artefakte in einer geweihten Arche. Kein Wort wurde gesprochen, bis der letzte Sack sicher auf dem offenen Sitz neben dem Kutscher verstaut war. Dann kehrten die Kinder auf Josephs Geheiß in ihre Zimmer zurück und zogen sich ihre besten Sonntagskleider an.

Unterdessen ging Joseph zur vorderen Kutsche und riss die Tür auf –

»Grace!«, rief er aus, wie von einer Klapperschlange gebissen.

Grace Brown, die gefasst und heiter in der verdunkelten Kutsche saß, bot einen faszinierenden Anblick.

»Ich habe nicht erwartet, dass du hierherkommst«, stammelte Joseph unbeholfen.

»Ich auch nicht«, lächelte Grace, »aber Daisy hat darauf bestanden, dass Rose und ich mit ihrem Kutscher fahren –«

Erst als der Name Rose fiel, bemerkte er sie, die auf Graces Schoß schlief. Joseph senkte seine Stimme. »Das soll aber nicht heißen, dass ich nicht froh bin, dich hier zu sehen –«

»Ich freue mich auch, dich zu sehen, Joseph. Ich habe dich vermisst.« Die Art und Weise, wie sie ihn ansah, ließ ihre Worte bedeutungsschwer klingen.

»Ich dich auch«, stammelte er, und er wollte ihr noch so viel mehr sagen.

Zum Glück kamen seine Kinder angerannt, und das bot ihm einen Grund, den Blick von Grace loszureißen. Er hob Daniel und Mary in die Kutsche und setzte sich neben sie, Grace gegenüber. Durch das Schwanken der Kutsche erwachte Rose, und dann redeten die Kinder alle auf einmal.

Die Kutsche setzte sich in Bewegung, und das machte ihnen bewusst, wie nah sie einander waren; ihre Knie berührten sich, und trotz des dicken Stoffs seiner Hose und ihres Wollkleids erschauderten beide bei dem Kontakt.

»Was ich sagen wollte«, begann Joseph steif, und er klang beinahe wie eines seiner hölzernen Spielzeuge, »ist, wie froh ich bin, dass wir zusammen zur Bank fahren –«

»Joe? Ich bin's, Grace! Erinnerst du dich?« Es war nicht das erste Mal, dass sie ihn schütteln wollte, damit er endlich aufhörte, sich so dumm zu benehmen.

Er brauchte nicht geschüttelt zu werden. Er beugte sich vor und platzte los: »Ich habe jeden Tag versucht, dich zu sehen, Grace, aber …«

»Aber was?« Sie wagte nicht zu sagen, dass sie ihn mehrfach bis zu den Stufen ihrer Eingangsveranda hatte kommen und dann in letzter Minute hatte umkehren sehen.

»Jeden Nachmittag habe ich meinen Mantel angezogen und bin zu deiner Farm gegangen.«

Mit ihrem Schweigen drängte sie ihn, weiterzusprechen.

»An manchen Tagen bin ich bis zu den Stufen deiner Veranda gekommen, und ein paarmal habe ich es sogar bis zu deiner Tür geschafft …«

»Was hat dich umkehren lassen, Joe?«

»Ich weiß nicht, ob es ein bestimmter Grund war.« Jetzt, da er so nahe bei ihr saß, konnte er sich gar nicht vorstellen, warum er je irgendwo anders sein wollte als hier, bei ihr.

Grace hatte gelernt, ihn nicht zu bedrängen; Joseph würde schon auf die Wahrheit kommen, er brauchte nur seine Zeit.

Wie konnte er ihr sagen, dass ihm die Gefühle, die sie in ihm weckte, Angst einjagten? So starke – zu starke – Gefühle, so viel mehr, als er für Miriam empfunden hatte. »Grace«, flüsterte er und beugte sich ganz weit zu ihr vor, »du hast ja keine Ahnung …«

»Und was ist, wenn doch? Was ist, wenn ich die gleichen Gefühle habe? Dann gibt es nichts zu verbergen.«

Wie ein Geist tauchte das Bild von Dr. McKnight mit seinem fliehenden Kinn vor Josephs innerem Auge auf. Er erstarrte und wandte den Blick ab.

Grace spürte, dass sich seine Stimmung veränderte, sagte aber nichts.

Den Blick auf die vorbeiziehende Landschaft geheftet, murmelte Joseph: »Es ist nicht wichtig –«

»Joe, bitte sag das nicht.« Wären sie allein gewesen, dann hätte sie ihn in die Arme geschlossen und dazu gebracht, dass er ihr sein Herz öffnete. »Rede mit mir!«

In einen Sog düsterer Gefühle gezogen, fühlte sich Joseph hilflos und konnte nichts anderes tun, als sich auf das sichere Schweigen zurückzuziehen.

Bei der holprigen Fahrt, in der unbequemen Enge und beim unentwegten Geplapper der drei Kinder formulierte Joseph ein Gebet: Bitte, lass den Arzt heute Abend nicht in der Bank sein. Er war sich selbst nicht sicher, ob er in Anwesenheit dieses Mannes nicht vielleicht die Beherrschung verlieren würde.

32

Am frühen Nachmittag

Als sie in der Bank ankamen, öffneten ihnen die Angestellten die Kutschentüren und begrüßten Joseph und Grace wie königliche Hoheiten: ein König mit seiner Königin und ihren drei königlichen Erben. Für die Kinder war es ein Hochgenuss, so hofiert zu werden.

Eine Gruppe von Angestellten führte Grace in die eine und Joseph in die andere Richtung davon, und die Säcke wurden wieder in eine andere Richtung getragen. Bis zur Öffnung der Bank um siebzehn Uhr sollten sich Joseph und Grace nicht mehr sehen.

Die Bank blieb zum ersten Mal in ihrer Geschichte an einem Arbeitstag geschlossen: Kein Dollar wechselte den Besitzer, kein Penny Profit wurde gemacht.

Man konnte sich unmöglich darauf vorbereiten, wie sehr sich das Innere der ansonsten kühl und sachlich eingerichteten Bank verwandelt hatte. An jeder Wand und jeder freien Fläche hingen von Kindern gemalte Werke – die Bilder glücklicher Familien und Babys, von Bauernhäusern, aus deren Kaminen dichter Rauch aufstieg, und von Tieren und Regenbogen und Sonnen und Sternen bedeckten jeden freien Platz. Wolken aus weißer luftiger Watte, die an unsichtbaren Fäden hingen, verwandelten die Decke in einen richtigen Himmel. Keiner hätte erraten können, dass die selbstgenähten Quilts und Decken einfache Schreibtische verbargen. Wo man auch hinschaute, überall gab es etwas Buntes zu sehen und etwas Süßes zu essen. Überall im Raum waren Stühle und Bänke aufgestellt, die die Kinder einluden, Platz zu nehmen, ihre Geschichten zu erzählen, ihre Geheimnisse zu verraten und ihre Ängste einzugestehen.

Und Sarah saß in der Mitte des Hauptraums auf Charlie Mulchs Sessel, einem riesigen burgunderfarbenen Lederungetüm mit Messingnieten, das viermal so groß war wie sie. Vor ihr stand Charlies kolossaler Mahagonischreibtisch, der etwa zehnmal so groß war wie sie, und an der Wand hinter ihr waren Regale aufgestellt, die Joseph eigens für die dreiundsechzig Spielsachen gezimmert hatte. Aber jetzt waren es mehr als dreiundsechzig – es sah aus, als wären es mindestens doppelt so viele, lauter unerwartete Spenden, die im Laufe des Monats eingetroffen waren. Sarah war beauftragt, sämtliche Spielsachen zu verteilen – eindeutig die aufregendste Aufgabe von allen.

Egal, wie sehr Dr. McKnight darauf bestand, dass sie das Bett hüten müsse, Sarah beharrte darauf, dass die Arbeit in der Spielzeugbank die beste Medizin sei, und Charlie hatte sich auf Sarahs Seite geschlagen. Er hatte gesehen, wie ihr Traum ihren Tagen einen Sinn gab und ihre Schmerzen wundersamerweise durch Freude ersetzte. Zwar konnte sie ohne Hilfe kaum gehen, doch Sarah war entschlossen, heute Abend auf eigenen Beinen zu stehen. Charlie stimmte zu, allerdings unter der Bedingung, dass sie wie eine Bienenkönigin in ihrem Bau auf ihrem Thron saß und die Arbeiterbienen das schwere Tragen erledigen ließ. Dagegen konnte Sarah nichts einwenden, zumal Alva als ihre offizielle Helferin einsprang.

»Mach dir keine Sorgen, Onkel Charlie, die Liebe in diesem Raum wird mich bis zum Ende des Abends geheilt haben«, erklärte Sarah und strahlte.

Charlie betete darum, dass es so kommen möge.

Alva ebenfalls. Sie stand stolz und beschützend neben Sarah. In dem indigoblauen Kleid, das Charlie ihr geschenkt hatte, sah sie nicht nur anders aus, sie fühlte sich auch so. Sie hatte im Laufe des Tages einmal einen Blick in den Spiegel erhascht, und bei diesem Anblick hatte ihr vor Staunen der Atem gestockt. Der Schimmer des Satinkleids und der Glanz ihrer dunkelbraunen Haare, die sie heute Morgen hundertmal gebürstet hatte, machten aus ihr eine ganz neue Frau. Alva hatte sich schon vor langer Zeit mit der Tatsache abgefunden, dass sie nicht hübsch war, aber heute war das eine hübsche Dame, die ihr da aus dem Spiegel entgegenblickte. Da ihr die niederschmetternde Last der Geldsorgen für immer von den Schultern genommen war, konnte sich Alvas innere Schönheit nun voll entfalten.

Grace und Rose besetzten den Schreibtisch neben Sarah. Hinter ihnen war ein Schild an der Wand aufgehängt, auf dem stand: »Namensschalter«. Das war der Tisch, an den die Kinder gehen würden, nachdem sie ihr Spielzeug entgegengenommen hatten, und bei dem sie jede erdenkliche Hilfe bekommen würden, ihm einen Namen zu geben. Das war Roses Idee gewesen, da sie der Meinung war, ein Name entscheide praktisch über das Schicksal der Puppe. Wie viele Tage hatte sie gebraucht, bis sie nach langem Hin und Her endlich den richtigen Namen für Clarissa, ihre Lieblingspuppe, gefunden hatte!

Das Gleiche galt für Grace, nachdem Rose auf die Welt gekommen war. Als Grace ihr neugeborenes Baby mit den leuchtend roten Haaren zum ersten Mal zu Gesicht bekam und seine wütenden, lauten Schreie hörte, erkannte sie das wahre Wesen ihrer Tochter. Nachdem Grace ihr den Namen gegeben hatte, konnte Rose, ihrem stacheligen Temperament entsprechend, so viele Wutanfälle bekommen, wie sie wollte, Grace würde immer geduldig dazu lächeln. Und nach Meinung von Grace konnte keine Blume, was den bezaubernden Duft und die wilde Schönheit anbelangte, mit einer Rose konkurrieren.

Die Herzen waren voller Vorfreude und Aufregung. Aber man konnte schwerlich sagen, wessen Herz voller war – das derjenigen, die in der Bank warteten, oder derjenigen, die draußen standen.

Zwischen halb fünf und fünf Uhr schienen die Zeiger stillzustehen. Vier Uhr fünfundfünfzig, sechsundfünfzig, siebenundfünfzig, achtundfünfzig, neunundfünfzig …

33

Fünf Uhr, Heiligabend

Alle hatten wochenlang auf diesen Augenblick gewartet. Als die Band die ersten Takte spielte, glitten zum Erstaunen der Kinder, die draußen in der Kälte warteten, die riesengroßen Türen auseinander und gaben ihnen den ersten flüchtigen Blick auf das zauberhafte Königreich im Inneren frei. Die Menge schnappte vor Entzücken nach Luft, und eine Schar von Kindern begann in die Bank zu strömen.

Man hatte mit fünfzig Kindern gerechnet; aber die Menge füllte die ganze Hauptstraße. Die ganze Stadt nutzte die Spielzeugbank für eine Familienzusammenführung: Geschwister, die nach dem Tod ihrer Eltern getrennt worden waren; Eltern, die ihre Kinder aus finanziellen Gründen in die Obhut anderer hatten geben müssen; und Verwandte, die Familienmitglieder aus den Augen verloren hatten, Brüder, die ihre Schwestern seit langem nicht gesehen hatten, und Eltern, die keinen Kontakt zu ihren Söhnen oder Töchtern mehr hatten, kamen hier zusammen. Es war der Himmel auf Erden.

Sarahs Herz füllte sich mit Freude, als sie sich in dem Raum umblickte und all die lächelnden Gesichter sah.

Joseph kam zu ihr und hielt ihr einen Teller mit Süßigkeiten hin. »Die sind für dich, Sarah.«

»Danke, Mr. Hutchinson.«

»Nein, dir gilt der Dank, Sarah, für deine Idee mit der Spielzeugbank ... und bitte sag doch Joseph zu mir.«

»Ich sage Joseph zu dir, wenn du aufhörst, mir die Lorbeeren für die Spielzeugbank anzuheften. Das war Papas Idee.« Bald würde ihre Adoption unter Dach und Fach sein. Sie würde die rechtmäßige Tochter von Charlie und Daisy Mulch werden. Sie würde Sarah Mulch sein. Doch heute Abend war sie noch immer die Tochter ihres leiblichen Vaters.

Tränen liefen Tante Alva über die Wangen. Sollen sie doch, dachte sie, denn heute Abend war sie die großzügigste Frau auf Erden. Mit großem Stolz reichte sie jedes Spielzeug an Sarah weiter, die buchstäblich strahlte. In den zwei Jahren, die sie zusammengelebt hatten, hatte sie Sarah nicht ein einziges Mal lächeln sehen, aber heute Abend strahlten sie beide. In ihrem neuen Kleid und der festlichen Umgebung kam Alva der Gedanke, dass es im Leben vielleicht doch mehr gab als das harte, freudlose Dasein, das sie bisher kannte. Spiele, Spielsachen, Lachen, all die Freuden des Lebens waren kein Luxus, wie sie Sarah allzu oft eingetrichtert hatte, im Gegenteil, das waren Notwendigkeiten.

Erst jetzt erkannte sie, wie sehr sie sich getäuscht hatte. Ihr war klar geworden, dass das Leben mehr ist als Essen und ein Dach über dem Kopf, dass es darum geht, es wirklich zu leben.

Charlie, der am anderen Ende des Raumes stand, konnte den Blick nicht von Sarah wenden, der Erhörung seines Gebets. Als Bankier wurde von Charlie erwartet, dass er seine Gefühle unter Kontrolle hatte; nicht aber heute Abend. Nicht mehr. Als die Türen der Bank aufgingen und die Kinder hereinströmten, war er einfach überwältigt. Er hatte gar nicht gewusst, wie viel Not es in dieser kleinen Stadt gab. In seinem Alter musste man mit Verlusten rechnen; aber hier standen so viele Kinder vor ihm, die bereits mehr Verluste erlitten hatten, als er je hatte ertragen müssen.

Charlie stand hinter dem Tisch, der in der Bank inzwischen Platz zwei der Beliebtheitsskala einnahm. Er war mit Bergen von Leckereien beladen: Zuckerkeksen in der Form von Hunden, Häschen, Kühen und Schweinen. Äpfel, Kürbisse, Brombeeren und Minzpies, daneben Toffeestangen und Schalen voller rot-weiß gestreifter Pfefferminzkugeln. Charlie schenkte höchstpersönlich jeden Becher Apfelsaft aus und reichte den Kindern jeden Keks mit großem Respekt.

Später nahm er Daisy wie ein kleiner Lausbub an der Hand und schlich sich mit ihr in den gesicherten Tresorraum. Dieser wurde die »Festung« genannt, weil dort das gesamte Bargeld der Bank sowie die wichtigen Dokumente aufbewahrt wurden. Noch vor einem Monat hätte Charlie niemals den Schlüssel hervorgezogen, um diesen Raum für Zwecke zu nutzen, die nichts mit dem Geschäft zu tun hatten, aber jetzt küsste er darin seine Frau, als wäre dies ihre Hochzeitsnacht.

Charlie lächelte zufrieden. »Bald wirst du mich als Vater bezeichnen müssen.«

»Nur, wenn du mich Mutter nennst«, antwortete Daisy grinsend, weil sie inzwischen die Tage zählte, bis sie und Charlie Sarah endgültig adoptiert haben würden. Ihr Traum, Mutter zu sein, war bereits wahr geworden. Daisy hatte den letzten Monat damit verbracht, Sarah wieder gesund zu pflegen. Sie weigerte sich hinzuhören, wenn der Arzt seine düstere Diagnose stellte, und stellte ihre eigene: Sarah würde sich voll und ganz erholen und sich wie neugeboren fühlen, ja besser noch als zuvor, das stand für sie außer Frage.

Daisy und Charlie küssten sich noch einmal verstohlen, dann versuchten sie, unbemerkt aus der »Festung« zu entkommen, was ihnen aber nicht gelang. Joseph stand im Flur und wartete mit einem Geschenk auf sie. »Für dich, mein

Freund«, sagte Joseph und überreichte Charlie die Holzschatulle.

Worte konnten Charlies Gefühle nicht ausdrücken, deshalb versuchte er es erst gar nicht.

Mit Tränen in den Augen sagte Daisy: »Du bist ein guter Mensch, Joseph Hutchinson. Dein Vater wäre richtig stolz auf dich.«

Joseph war sehr gerührt. Sie hätte ihm kein größeres Geschenk machen können, als diese wenigen anerkennenden Worte.

Nachdem sie so lange so hart gearbeitet hatten, stand es Daniel und Mary jetzt frei, zu tun und zu lassen, was sie wollten. Das war ihr großer Abend. Sie tanzten zu den Melodien, die die Band spielte. Sie aßen so viel von dem Naschwerk, wie ihr Magen verkraftete. Sie freundeten sich mit all den Kindern an und erzählten ihnen, wie sie ihre Spielsachen hergestellt hatten. Sie lachten, bis ihnen der Bauch wehtat. Außer Joseph wusste keiner, wie schwer sie in diesem letzten Monat geschuftet hatten.

Heute Abend lernten sie den Geist des Weihnachtsfests aus erster Hand kennen: dass die Freude des Schenkens Belohnung genug ist.

In Wahrheit wurde die ganze Stadt von diesem Geist erfasst: Anstatt diesen Abend im Kreis ihrer Kleinfamilien zu verbringen, öffneten die Stadtbewohner ihre Herzen dieser viel größeren Familie. Erst als die Leute anfingen, das, was sie besaßen, miteinander zu teilen, wurde ihnen klar, wie viel sie tatsächlich hatten.

Es herrschte so große Freude, doch Joseph konnte davon nichts spüren. Er verbrachte den Abend damit, sich um alles und jeden zu kümmern, bis auf Grace, der er offensichtlich aus dem Weg ging. Er wartete, bis Rose sich zusammen mit Daniel und Mary verzogen hatte, erst dann näherte er sich vorsichtig ihrem Tisch.

»Nun, Grace, du scheinst dich zu amüsieren.«

»Jeder amüsiert sich … Du etwa nicht?«

»Nein, Grace«, antwortete er stockend, »ich nicht.«

Sie lachte, wie dumm sich dieser Mann doch weiterhin verhielt. »Dass du dich auch wegen jeder Kleinigkeit so aufregen kannst! Ich bin hier«, sagte sie. »Du brauchst bloß deine Augen aufzumachen, dann würdest du das sehen.«

»Ich kann dich nicht anschauen, ohne ihn zu sehen.«

»Ach, Joe, kannst du nicht endlich aufhören damit? Es ist gut, dass wir hier beim ‚Namensschalter' sind.« Sie deutete auf das Schild hinter sich und wiederholte: »›Namensschalter‹. Das machen Rose und ich hier den ganzen Abend, wir geben den Spielsachen, die du hergestellt hast, Namen.«

»Wovon redest du, Grace?«

»Mr. Hutchinson, ich will dir sagen, wovon ich rede. Gestatte, dass ich deinem Verhalten einen Namen gebe: Es heißt *Eifersucht.*«

»Da … da«, stammelte er, »da täuschst du dich.«

»Wirklich? Als was würdest du es denn bezeichnen, wenn du davonläufst, kaum dass der Name Dr. McKnight fällt? Als was würdest du es bezeichnen, wenn jemand jeden Nachmittag zu deiner Farm kommt, aber anstatt anzuklopfen, kehrtmacht und davonrennt? Als was würdest du das bezeichnen, Joseph?«

Ja, er war davongerannt. Wer würde nicht rennen, wenn ihn der Engel des Todes verfolgt? »Begreifst du denn nicht, was es bedeutet, ein Hutchinson zu sein? Seit meiner Geburt hängt ein Fluch über mir.«

Grace hatte begriffen. »Und wie lange willst du diesen Fluch als Vorwand nutzen?«

Sein Körper spannte sich an, seine Wangen brannten. Er hatte seine Wut kaum unter Kontrolle, beugte sich über den Tisch, deutete mit dem Finger auf ihr Gesicht und sagte mit zusammengebissenen Zähnen: »Wie. Kannst. Du. Es. Wagen.«

Die große Uhr der Bank schlug dröhnend sieben Mal, und plötzlich tauchte Dr. McKnight direkt hinter ihm am Tisch auf.

»Ist hier alles okay, Grace?«, fragte Dr. McKnight besorgt und bewegte sich auf Joseph zu.

Ohne ihren Blick von Joseph zu wenden, antwortete sie ganz gelassen: »Ja, Michael, alles ist bestens.«

»Bist du dir sicher?«

»Ja. Er war nur gerade dabei, mir etwas zu erzählen«, antwortete Grace. »Joseph ... was wolltest du gerade sagen?«

Joseph machte auf dem Absatz kehrt und schlängelte sich atemlos durch die Menge, steuerte auf den Ausgang der Bank zu und riss die Tür auf. Die kalte Luft schlug ihm entgegen, als er auf die menschenleere, schmutzige Gasse hinaustrat. In seiner Wut tigerte er wie ein gefangenes Tier auf und ab. »Wie kannst du es wagen, mir das zu sagen!«, schrie er in Richtung Bankeingang. »Du hast ja keine Ahnung, was es heißt, ein Hutchinson zu sein ... Keiner weiß das ... Und die Tatsache, dass du in diesem Augenblick mit ihm redest, zeigt mir, dass du gar nichts über mich weißt ... Nach dem, was er Miriam angetan hat ... meiner Miriam ...

Meine Miriam. Sie ist für immer gegangen, und ich mache dich, McKnight, dafür verantwortlich! Ich mache dich, Rose, dafür verantwortlich! Ich mache diesen verhassten Fluch verantwortlich! Ich mache diese verhasste Farm verantwortlich! Ich mache jeden Hutchinson verantwortlich, der vor mir gestorben ist und mich mit all dem hier allein gelassen hat! Ich gebe dir die Schuld, Grace! Aber am meisten mache ich dich, Joseph Hutchinson, verantwortlich, weil du ein solch ERBÄRMLICHER FEIGLING bist!«

Und das war ... das war die Wahrheit. Joseph sank auf die Knie und weinte.

❋

Alle waren der Meinung, dass die Spielzeugbank ein Riesenerfolg war. Keiner wollte nach Hause gehen, doch als die Leckereien zur Neige gingen und die Band zu spielen aufhörte, wurde den Leuten klar, dass der Abend zu Ende war. Charlie stand an der Eingangstür und verabschiedete auch den allerletzten Gast. Grace und Alva machten sich nützlich, indem sie aufräumten. Rose und Mary schliefen in der Ecke. Es waren nur vier Spielsachen übrig geblieben. Sarah bat Daniel, Winnie vom Regal zu holen. Sie gestand Daniel, wie glücklich sie war, das Pferd wiederzuhaben, obwohl sie es der Spielzeugbank gespendet hatte.

Zwar waren inzwischen fast alle gegangen, doch die Liebe, die in diesem Raum verschenkt wurde, blieb. Das konnte selbst Joseph spüren, als er die Bank wieder betrat.

34

Vier Monate später, Ostersonntag 1892

Daniel stieß die Schaufel in die feuchte Erde, er grub ein Loch unter der Ulme. Er musste das Loch tief genug machen, damit sie ihren kostbaren Besitz darin vergraben konnten, ohne Angst haben zu müssen, dass irgendein Tier ihn in der Nacht ausgrub. Dass er weinte, konnte ohnehin niemand sehen, weil er von der schweren Arbeit so sehr schwitzte. Sein Gesicht war gerötet und feucht, seine Haare klebten ihm an der Stirn. Auf der anderen Seite des Baumes befand sich die weißgemalte Holzmarkierung, die die Grabstätte seiner Mutter anzeigte.

In einem lockeren, weiten Kreis standen die Familie Hutchinson und ihre Freunde um Daniel herum, alle, die an der Zeremonie teilnehmen wollten. Außerdem waren auch die beiden erst kürzlich adoptierten Kinder von Charlie und Daisy anwesend,

Nate und Hannah, ein Geschwisterpaar, das sie am Abend der Spielzeugbank kennengelernt hatten. Der Vormund der Kinder hatte erklärt, dass ein Tornado ihre Stadt verwüstet, die Hälfte der Häuser zerstört und die Eltern der Kinder getötet habe.

»Ich brauche euch nicht zu erzählen, dass die Gebetsschatulle in diesem Jahr meine Familie gerettet hat, und ich brauche euch nicht zu sagen, wie sie euch gerettet hat.« Joseph hielt nicht gerne Ansprachen. »Nun, Maleachi hat uns nie mitgeteilt, dass wir den Schlüssel vergraben müssen. Er hat nur gesagt, dass wir, sobald wir ein Gebet in die Schatulle gesteckt haben, dieses darin lassen müssen, sonst wird das Gebet nicht erhört. Den Schlüssel zu vergraben, das war Daniels Idee.«

Daniel räusperte sich. »Ich denke, wenn wir den Schlüssel vergraben, beweist das, dass wir der Schatulle wirklich vertrauen, dass sie unsere Gebete auf ihre eigene Weise erhört.« Er zog den kleinen goldenen Schlüssel aus seiner Tasche und blickte zu seinem Vater hinüber. Joseph nickte, als wolle er sagen, mach schon, mein Sohn. Daniel legte den Schlüssel in das frisch ausgehobene Loch.

Mary hatte noch etwas hinzuzufügen. »Wir haben dich lieb, Mama, und wir vermissen dich, und mach dir keine Sorgen«, versprach sie, »wir werden dich nie vergessen.« Weder sie noch Daniel würden ihre Mutter je vergessen.

Und auch Joseph würde seine Frau nie vergessen. Wie hätte er das können, wo sie ihm doch alles bedeutet hatte? Aber es gab ein Licht am Horizont, und die letzten vier Monate hatten ihn von seiner Vergangenheit geheilt und ihn frei gemacht, sein Leben zu leben. Deshalb schob Joseph so selbstverständlich und unvermeidlich, wie sich ein Ahornblatt im Herbst rot färbt, jetzt seine Hand in die von Grace.

Grace verstand, sie hatte Joseph schon immer verstanden. Als Antwort drückte sie seine Hand.

Charlie trat in den Kreis neben Daniel. »Wenn du erlaubst, junger Mann, würde ich auch gerne noch etwas hinzufügen.« Er zog Winnie, das Spielzeugpferdchen, aus seiner Jackentasche. »Sarah hat dieses Spielzeug wegen des Geistes, aus dem heraus es ihr geschenkt wurde, geliebt. Mary, deine Großzügigkeit hat ihr sehr viel bedeutet.« Charlie hatte Tränen in den Augen. Seit er Sarah begegnet war, hatte er gelernt, seine Gefühle zu zeigen, und da er sie nun verloren hatte, war es ihm egal, wer es bemerkte.

Es war drei Tage nach Weihnachten gewesen, als er und Daisy am Morgen aufwachten und feststellten, dass Sarah im Schlaf friedlich gestorben war – Otis an ihrer Seite. Der Arzt hatte versucht, sie auf diesen Augenblick vorzubereiten, aber keiner ist jemals auf den ewigen Schlaf wirklich vorbereitet. Sie bedauerten so sehr, dass sie nicht da gewesen waren, um sie zu trösten, als ihre Zeit gekommen war.

Was die Mulchs jedoch nicht wussten, war, dass Sarah ihre Reise nicht allein angetreten hatte. Um

Mitternacht war sie aufgewacht und hatte ihren Vater an ihrem Bett stehen sehen. Er streckte die Hand aus und sagte, dass er gekommen sei, sie nach Hause zu holen. Er sagte ihr, dass sie keine Angst haben solle. Sie ergriff seine Hand und antwortete: »Habe ich gar nicht.«

»Nur zu, Mr. Mulch«, sagte Daniel und deutete auf das frisch gegrabene Loch, »Sie können Winnie zu dem Schlüssel legen.«

❋

Als die Pflicht erfüllt war, sagte ausgerechnet Joseph: »Es ist Zeit, nach vorn zu schauen.«

Die versammelten Freunde und Familienmitglieder folgten ihm ins Farmhaus, wo die letzten Seiten des Notizbuchs gelesen werden sollten. Sie setzten sich um den Küchentisch, und mit Müh und Not fanden alle Platz. Joseph machte Grace ein Zeichen, dass sie sich neben ihn setzen solle und seine beiden Kinder neben sie. Mary weigerte sich, neben Grace Platz zu nehmen, und kletterte stattdessen auf ihren Schoß. Daniel hätte es ihr nachgemacht, wenn nicht so viele Leute da gewesen wären. Deshalb setzte er sich neben Alva und nahm Otis auf den Schoß, was ihm und Alva auf eigenartige Weise das Gefühl vermittelte, Sarah näher zu sein. Rose hatte ihren Platz auf Josephs Schoß gefunden. Nate war glücklich, auf Charlies Schoß sitzen zu dürfen, und Daisy war überglücklich, Hannah auf dem ihren zu haben.

Als endlich Ruhe eingekehrt war, schlug Joseph Maleachis Notizbuch auf und las das letzte Kapitel vor.

Ich habe mir die Frage gestellt: Was kann ein Vater seinem Sohn schenken, das wirklich von Dauer ist?
Früher habe ich geglaubt, ihm ein Dach über dem Kopf und Kleidung zu geben, reiche aus, aber inzwischen habe ich dazugelernt.
Ich habe diesen Ostersonntag von morgens bis abends damit zugebracht, die Drei Geheimnisse der Gebetsschatulle niederzuschreiben, damit ich ihm dieses Buch der Weisheit schenken kann – eine wertvolle Währung. Damit habe ich den wahren Glauben gekauft, mein Sohn. Mögest du dasselbe tun.

Joseph blickte sich in dem Raum um, der angefüllt war mit neuen Freunden, die er vor einem Jahr noch gar nicht gekannt hatte. Er wunderte sich, wie jedes Wort Maleachis Wirklichkeit geworden war.

Großmutter Mary hat uns beigebracht, dass Wiederholung zu Weisheit führt und Weisheit zu Macht. Deshalb bitte ich dich, dich an jedem Ostersonntag zu mir zu gesellen und dieses Buch zu lesen, und später mit deinen Kindern und Kindeskindern. Kannst du es sehen – die Hutchinsons als Glieder einer goldenen Kette, die sich vom Himmel bis zur

Erde spannt? Versprich es mir, und ich werde in Frieden ruhen, weil ich weiß, dass die Geheimnisse der Gebetsschatulle mit dir nicht enden werden.
Ende, 26. März 1780.
Bedenke: Du musst nicht dafür sorgen, dass die Gebetsschatulle funktioniert, du musst sie nur machen lassen.

Joseph blätterte um, aber die nächste Seite war leer und die übernächste ebenfalls. Er klappte das Notizbuch in dem Gefühl zu, es sei irgendwie unvollständig, aber er sagte nichts. Vielleicht war er von Maleachis Führung zu abhängig geworden und noch nicht bereit loszulassen.

Oder vielleicht fehlte tatsächlich etwas.

❋

Im Laufe des Abends drehte sich die Unterhaltung ums Geschäft, das Spielzeuggeschäft. Joseph und Charlie schmiedeten Pläne für die Anfangsproduktion von dreihundert Spielsachen, die sie für den Verkauf vor dem nächsten Weihnachtsfest herstellen wollten.

Schon vor Monaten hatten sie sich den Namen ihrer Firma rechtlich schützen lassen: »Die Spielzeugbank«.

Grace würde die Künstlerin und Designerin sein. Daisy und Tante Alva würden für den Kontakt zu Waisenhäusern und Wohltätigkeitseinrichtungen verantwortlich zeichnen, welchen sie den

Zehnten der jährlichen Spielzeugproduktion zukommen lassen wollten.

※

Um neun Uhr waren Josephs Kinder im Bett, und die Gäste verteilten sich auf die zwei Kutschen, wobei Tante Alva und die Kinder in der einen Platz nahmen und die Erwachsenen in der anderen. Grace hatte gerade ihre Skizzen aufgerollt und sie mit einer Schnur zusammengebunden. Sie steckte sie in ihre große Tasche und wandte sich zum Gehen, stellte aber fest, dass Joseph ihr den Weg versperrte.

»Ich möchte nicht, dass du gehst«, sagte er.

Seine Offenheit traf sie zum Glück völlig unvorbereitet. »Ach, wirklich? Na ja, was schlägst du vor, dass ich tun soll?«

»Bleib«, sagte er, »nur ein paar Minuten.«

Grace konnte nicht widerstehen. Sie stellte ihre Tasche auf den Boden und streckte ihm die Arme entgegen. »Dann lass mich dich umarmen, bevor ich gehe.«

Joseph sank in ihre warmen Arme, und sie legte den Kopf an seine Schulter.

Grace erschauderte, als seine Lippen ihren Hals flüchtig berührten.

»Du weißt, dass sie in der Kutsche auf dich warten«, flüsterte er und presste seinen Körper an ihren.

»Ich weiß«, seufzte sie.

»Du weißt, dass sie sich fragen werden, wo du bleibst«, sagte er und küsste sie sanft am Halsansatz.

»Ich weiß«, antwortete sie und biss sich auf die Unterlippe.

»Und es macht dir nichts aus, Mrs. Brown?«

»Nein«, hauchte sie, »es macht mir nichts aus. Und dir genauso wenig.«

»Du hast recht«, lachte er. »Das Einzige, was für mich in diesem Augenblick eine Rolle spielt, ist, dich an mich zu drücken.« Und ohne auf ihre Zustimmung zu warten, küsste er sie auf den Mund. Fest. Er wusste, dass das falsch war, aber er konnte nicht anders, konnte keine Minute, keine Sekunde länger warten. Sein Kuss konnte mehr ausdrücken, als er es je mit Worten vermochte – wie viel sie ihm bedeutete, schon immer bedeutet hatte.

Und Grace empfand das Gleiche.

Er küsste sie, als wolle er sie verzehren, ja sogar verschlingen, aber Grace machte seine Leidenschaft keine Angst. Sie wusste schon lange, dass sie da war und unter der Oberfläche brodelte. Deshalb hatte Joseph in all diesen Monaten mit sich und ihr gehadert, gerungen und gekämpft.

Josephs Hände fingen an, sie zu liebkosen.

»Nein, Joe«, stöhnte sie und zog sich von ihm zurück, solange sie noch die Kraft dazu hatte. »Ich muss jetzt gehen.«

Joseph wusste, dass sie recht hatte, aber dann schlang er die Arme noch fester um ihre Taille. »Ich lasse dich nie wieder gehen.«

Nur ein einziger Kuss war getauscht worden, aber in diesem Kuss lag das Versprechen, was kommen würde, sobald sie verheiratet wären.

Sie verweilten noch ein paar gefährliche Augenblicke, ihre Blicke trafen sich, Hände wanderten, und beide ließen sich noch mehr von ihren Gefühlen hinreißen, anstatt voneinander abzulassen. Sie wollten es, aber sie konnten sich nicht voneinander lösen. Verlangen stieg in ihnen auf, und ihre Fähigkeit zu widerstehen, schwand dahin. Das Geräusch eines Kusses wurde vom nächsten abgelöst und wieder dem nächsten, bis ein anderes Geräusch zu hören war, das vergnügliche Stöhnen von Grace, von Joseph, aus Kummer, dass sie so lange – zu lange – auf diesen Augenblick gewartet hatten. Josephs Hände fuhren fieberhaft über die lange Reihe der Perlenknöpfe, die Graces Kragen zusammenhielten, und er wollte sie aufknöpfen, sie aufreißen.

Grace wusste, dass er nicht aufhören würde, wenn sie ihm nicht Einhalt gebot. Deshalb wich sie zurück und flüsterte: »Genug … für den Augenblick.«

Sie hatte recht. Joseph brauchte einen Moment, bis er sich wieder gefasst hatte, dann ergriff er ihre Tasche und trug sie zur Kutsche hinaus. »Gute Nacht«, sagte er höflich. Aber der Eifer in seiner Stimme strafte die beiden schlichten Wörter Lügen.

Als er die Kutschentür zumachte, trafen sich ihre Blicke, und Grace sagte ebenso beiläufig:

»Vielleicht sehen wir uns ja bald wieder.« Doch sie hoffte, Joe würde so etwas verstehen wie: »Komm mich, sobald du kannst, besuchen, Darling, ich warte auf dich.«

Er stand da und schaute der Kutsche nach, die in Richtung von Graces Farm davonfuhr. Aber es dauerte ein paar Minuten, bis er es schaffte, ins Haus zurückzukehren. Er zitterte noch immer infolge ihrer Berührung und musste sich erst unter Kontrolle bringen, bevor er hineinging, um seinen Kindern einen Gutenachtkuss zu geben. Er bemerkte, dass der Duft von Grace ihn noch umhüllte; er schloss die Augen und atmete tief ein.

35

Noch am selben Abend

Wie in aller Welt konnte er das nur vergessen! Joseph stieg hastig aus dem Bett und stolperte in der Dunkelheit mit einem Tintenfass und einem Federkiel in der Hand die Stufen zum Dachboden hinauf. Er schloss die Tür hinter sich, zündete eine Kerze an, nahm die Familienbibel auf den Schoß und blätterte sie durch, bis er die primitive Zeichnung eines Stammbaums fand, des Stammbaums der Familie Hutchinson.

»Verzeih mir, Miriam«, sagte er, als er die Feder in das Tintenfass tauchte, die überschüssige Tinte abklopfte und sich vorsichtig daranmachte, Miriams Geschichte aufzuschreiben. Für die zukünftigen Generationen würde das nichts anderes sein als Wörter auf einem Blatt Papier, aber für Joseph waren sie ein Teil seines Herzens.

Er war im Begriff, das Buch zuzuklappen, doch

plötzlich wurde er von einer unerklärlichen Neugierde gepackt. Sein Blick wanderte nach unten, in der Zeit zurück, und er suchte nach Maleachis Namen. Maleachi, der ihn mit den Geheimnissen des Lebens vertraut gemacht hatte, indem er ihm die Geheimnisse der Gebetsschatulle verriet.

Da war Maleachi auf einem der dickeren Äste des Familienstammbaums eingetragen: Maleachi Hutchinson, gestorben am 27. März 1780. Das konnte nicht stimmen. Joseph rieb sich die Augen. Das Flackern der Kerze muss meinen Augen einen Streich spielen, dachte er. Er holte Luft, schaute wieder auf die Seite hinab, und da stand das Sterbedatum von Maleachi schwarz auf weiß: 27. März 1780. Joseph stockte das Herz bei der Erkenntnis, dass Maleachi die Drei Geheimnisse der Gebetsschatulle am 26. niedergeschrieben hatte und schon am nächsten Tag gestorben war.

Nachwort

OSTERN 1939

Auf die erste leere Seite von Maleachis Notizbuch hatte Joseph sorgfältig und gut lesbar geschrieben:

Dies schreibe ich dir, meiner Urenkelin Deborah, die du erst drei Wochen alt bist. Eines Tages, in vielen Jahren, wirst du dieses Notizbuch lesen und dich fragen: »Wer war Joseph, der meinte, seine eigene Weisheit der größeren Weisheit Maleachis hinzufügen zu müssen?«
Darauf antworte ich: Ich bin ein einfacher Mann, der vom Kummer des Lebens verschlungen worden wäre, hätte es die Gebetsschatulle nicht gegeben, die du jetzt in den Händen hältst.

Jahrelang hatte Joseph den Eindruck gehabt, ein Geheimnis fehle der Gebetsschatulle, ein Geheimnis, das die Leiden des Lebens lindern und sogar ganz verhindern könnte, wenn man sich genau daran hielt. Gab es jemanden, der mehr Erfahrung damit hatte, jemand, der mehr über das Leiden wusste, als ein Hutchinson, für den das Leiden ein fester Bestandteil des Lebens war?

Jetzt blieb nur noch eine letzte leere Seite in Maleachis Notizbuch, er durfte also keinen Fehler machen. Mit höchster Konzentration, denn mit dreiundsiebzig waren seine Hände nicht mehr ganz ruhig, schrieb Joseph das Vierte Geheimnis der Gebetsschatulle nieder, ein Geheimnis, das er in den letzten Jahren seines Lebens jeden Tag wieder und wieder im Geist aufgeschrieben hatte …

Er las die Wörter noch einmal, um sich zu vergewissern, dass sie ehrlich und wahr waren, dann setzte er das Datum unter den Eintrag. Ostersonntag, 9. April 1939.

Er wartete geduldig, bis die Tinte getrocknet war, dann klappte er das Notizbuch zu, das Maleachis Vermächtnis und jetzt auch seines enthielt, und legte es oben in die letzte noch erhaltene Gebetsschatulle. Joseph schaute sich in dem kleinen Raum um und überlegte, wo er sie verstecken konnte. Er hielt an dem fest, was er als Familientradition betrachtete, nämlich die Wahrheit zu verstecken, damit sie entdeckt werde, wenn sie am dringendsten gebraucht wurde. Er hatte sie für Deborah aufgeschrieben, das Neugeborene der Familie, aber er hatte keine Kontrolle darüber, wer sie tatsächlich entdecken würde. Er brauchte bis zum Morgengrauen, bis er endlich das perfekte Versteck für die Schatulle gefunden hatte.

Er konnte nicht wissen, dass seine Urururenkelin Clare Rose fast sieben Jahrzehnte später in ihrer dunkelsten Stunde auf die Schatulle stoßen sollte. Er konnte nicht ahnen, wie sehr das Leben ihrer Familienmitglieder von dem abhing, was in dem Notizbuch geschrieben stand. Und er konnte nicht wissen, dass die Gebetsschatulle durch Maleachis drei Geheimnisse Dutzende Menschenleben würde gerettet haben, die Gebetsschatulle jedoch durch das vierte, das Joseph hinzugefügt hatte, Tausende zu retten vermochte.

P.T. 07/11